探寻红楼梦中人的遭遇和命运

品读《红楼梦》经典诗词

[中国诗词大汇]

品读醉美四大名著

之

《红楼梦》经典诗词

郝豪杰·编著

中国言实出版社

图书在版编目（CIP）数据

品读醉美四大名著之《红楼梦》经典诗词 / 郝豪杰
编著. —— 北京：中国言实出版社，2021.2
ISBN 978-7-5171-3711-5

Ⅰ.①品… Ⅱ.①郝… Ⅲ.①《红楼梦》－古典诗歌
－诗歌欣赏 Ⅳ.①I207.411

中国版本图书馆CIP数据核字（2021）第007024号

责任编辑 郭江妮
责任校对 王战星

出版发行	中国言实出版社	
地　　址	北京市朝阳区北苑路 180 号加利大厦 5 号楼 105 室	
邮　　编	100101	
编辑部	北京市海淀区花园路 6 号院 B 座 6 层	
邮　　编	100088	
电　　话	64924853（总编室）　64924716（发行部）	
网　　址	www.zgyscbs.cn	
E-mail	zgyscbs@263.net	
经　　销	新华书店	
印　　刷	北京市兴怀印刷厂	
版　　次	2021 年 10 月第 1 版	2021 年 10 月第 1 次印刷
规　　格	880 mm×1230 mm	1/32　7 印张
字　　数	222 千字	
定　　价	42.80 元	ISBN 978-7-5171-3711-5

《红楼梦》是中国古典长篇小说中优秀的作品之一，是世界文学宝库中的珍品。

《红楼梦》综合体现了中国优秀的文化传统。小说的主体文字是白话，但又吸纳了文言文及其他多种文体表现之所长。有时对自然景物、人物情态的描摹，也从诗词境界中泛出，给人一种充满诗情画意的特殊韵味和美感。小说中写入了大量的诗、词、曲、辞赋、歌谣、联额、灯谜、酒令……做到了真正的"文备众体"，且又让它们成为小说的有机组成部分。

《红楼梦》中的诗词曲赋，大都与人物命运、情节发展紧密相关，读者可以从诗词曲赋中探测出相关人物的遭遇和结局。不仅是《好了歌》及解注、《金陵十二钗》曲词、《红楼梦》十四支曲和《春灯谜》等，就是《中秋夜大观园即景连句》《芦雪亭联句》《柳絮词》《咏白海棠》等诗，也都暗寓着人物的命运。曹雪芹以诗谜暗示人物命运、昭示情节发展，难度是相当大的：一要谜面谜底相符；二要符合有关的判词和十二曲。由此看来作者是煞费苦心的，从这一艺术手法可以看出，《红楼梦》虽为巨制，但却精雕细刻。

前人论及《红楼梦》中的诗词曲赋时说，《红楼梦》"不比其他小说，先有几首诗，然后把人物硬嵌上"。其诗词曲赋都是按小说中人物的身份、地位、性格、学识而量身定做的。曹雪芹为每个人物都代写出了各种不同体裁、风格的诗词曲赋。如林黛玉的诗哀伤沉郁。她在第二十七回《葬花吟》中怜花、惜花，以花来形容自己的境况，把自己凄凉的心境勾勒得淋漓尽致。又如薛宝钗为人敦厚温柔，其诗也温雅沉

着。如"珍重芳姿昼掩门",就是其人写照。再如王熙凤虽然精明能干,但文化不多,所以开口吟出"一夜北风紧"的"粗话",但这句粗话是符合她的身份的。曹雪芹通过诗词曲赋出色地表现了人物的思想、感情、性格,那些"代人捉刀"替作品中人物写的词,都能随着情节的变化、性格的发展展现人物内心的复杂感情,揭示人物的精神世界,使人物形象更加突出、更加深化。这些诗词,大部分以描写自然景物为主,但并非单纯地客观描摹,而是通过景物的描写,抒发个人不同的思想感情、表达不同的心境、表现不同的性格、寄寓不同的人生观。《红楼梦》中的诗词曲赋和人物、故事紧紧糅合在一起,它们被熔铸在整个艺术形象之中,从而对不同人物的塑造起到了相当重要的作用。

同时,曹雪芹通过书中人物的作诗、填词、题额、拟对、制谜、行令等,从不同侧面反映了那个时代的文化精神生活。在《红楼梦》中,薛宝钗曾经说过:诗词吟咏本不是男子们的事。而这一风气又普遍存在于那个时代。曹雪芹假借大观园中小姐、少爷们日常生活的趣闻琐事、作词联对,把他熟悉的生活素材重新锻炼变形,以"微尘之中见大千"的方式把清代极流行的社会风俗、文化现象折射出来。

本书收集了《红楼梦》的部分诗词,按原书章回编排整理,对每首诗词都做了详细的注释和赏析,力图使读者领略"红楼"诗词的艺术魅力。同时,本书也精选了名家对红楼梦的解读,以便使读者全方面地了解《红楼梦》,并从中得到一些关于《红楼梦》中故事情节发展和人物命运的启示。

编 者

目录

第一回

石上偈①

无材可去补苍天②，枉入红尘若许年③。
此系身前身后事，倩谁记去作奇传④？

注释

①偈（jì）：音译佛教梵语"偈陀"的略称，意译是"颂"，是佛经中的唱词，也泛指佛教的诗歌。
②补苍天：出自远古神话女娲补天的故事。传说远古的时候，天塌了，女娲氏炼五色石把天修补了起来。
③红尘：指世间的热闹繁华，代指人世间。
④倩（qìng）：央求，请求。奇传：即传奇，本是唐代兴起的一种用文言写的短篇小说，此处为押韵而颠倒，取其"新奇传闻"之意。

赏析

　　这首诗点明了《红楼梦》的写作缘由。作者依托女娲补天的神话故事，以一块被女娲丢弃在凡间的顽石自喻。他借顽石的"无材补天"，来表达自己不能匡时济世的遗憾；借顽石的"枉入红尘"，来描写自己半生潦倒、一事无成的窘迫。他在大志难成之下愤而著书，将自己在尘世中的所见、所感记录成《红楼梦》。诗中作者自谓"无材"，看似自惭，实为自负；而以顽石自喻，更是体现了他不愿随同流俗的傲气。

题《石头记》

满纸荒唐①言，一把辛酸泪！
都云作者痴②，谁解其中味③？

注释

①荒唐：原意为不着边际，引申为乖谬。《庄子·天下》："以谬悠之说，荒唐之言，无端崖之词，时恣纵而不傥，不以觭见之也。"
②云：说。痴：傻。这里指不被世人理解，或不谙世务。
③解：懂得。味：意味。

赏析

　　这首诗出现在小说第一回，表达了在当时"文字狱"盛行的情况下作者无法提笔直书，只能"将真事隐去"，借助"假语村言"著书的无奈，以及因此而产生为世人所不解的苦闷与忧虑。

　　"满纸荒唐言"不仅指此书的来历荒诞不经；"无材"补天的顽石记录了自己化为"通灵宝玉"后的见闻。更为"离经叛道"的是作者在书中所表现出的对女性的尊重，对宝黛爱情的赞美，对封建贵族家庭的腐朽、堕落的揭露和鞭挞，这些在当时的封建正统观念里都是"荒唐"的。然而，作者对女性有着深切的同情和痛惜，对自己经历的兴衰际遇、炎凉世态有着深刻的体悟，所以他怀着悲愤的心情，饱含着辛酸的眼泪，历时十载"哭成此书"（脂砚斋语）。

　　自《红楼梦》问世，人们对此书便有了很多的解读方式，也形成了诸多研究学派。各学派各执一词，但又有谁能"解其中味"呢？

太虚幻境对联

假作真时真亦假①，无为有处有还无②。

注释

①作：当作。
②为：成为。

赏析

此对联的意思：把假的当成真的，真的也就成了假的；把没有的当成有的，有的也就成为没有的了。

这副对联看似浅显，实际上寓意深刻。佛家认为，世间万物，其形体是真的，是有；其本质是假的，即无。这副对联借"有无""虚假"之辨来嘲笑世人，说明世俗之人之所以嫌贫爱富、追名逐利，是因为他们将假的误认为是真的，又将真的误认为是假的，他们将虚无错认为是实有，又将实有误认为是虚无。同时，此联也暗示了《红楼梦》创作手法上的某些规律：书中叙述的人物、情节真假错杂，读者可自行品味、猜想。

这副对联在书中共出现两次：一次出现在甄士隐的梦中，另一次出现在贾宝玉的梦中。在小说中，甄士隐禀性淡泊，与世无争，逍遥自在。某日午睡，甄士隐梦见一僧一道，在他们手中见到了通灵宝玉。而后甄士隐又跟随两人来到"太虚幻境"，在石牌坊上见到了这副对联。

癞头僧嘲甄士隐

惯养娇生笑你痴，菱花空对雪澌澌①。
好防佳节元宵后②，便是烟消火灭时③。

注 释

①菱（líng）花：隐指甄士隐的女儿英莲，后来改名香菱。空对：这里有不幸碰上的意思。
雪：谐音"薛"，指后来霸占香菱为妾的薛蟠。澌（sī）澌：拟声词，形容风雪雨水声。
"菱"于夏日开花，而竟遇"雪"，喻生不逢时，必遭摧残。
②好防：谨防，要当心。元宵：元宵节，农历正月十五。
③烟消火灭：既是实指火灾，也是虚指人生名利的虚幻破灭。

赏析

这是首预言诗，类似寺庙中的卜辞。

癞头和尚看见甄士隐抱着英莲，大哭着说："施主！你把这有命无运、累及爹娘之物抱在怀中作甚？"又道："舍我罢，舍我罢！"士隐不耐烦，抱女儿要进去，故癞头和尚警示诗的首句是："惯养娇生笑你痴。"

次句"菱花空对雪澌澌"，预示英莲将来有命无运，碰到了呆霸王薛蟠，终身苦命。另说，预言甄士隐最后必然会在菱花镜前空对着自己的满头白发。

第二联为下文伏笔，言葫芦庙起火，殃及池鱼；英莲亦被拐，累及爹娘。

"甄士隐"，真事隐也。甄家的荣枯，实隐贾家的荣枯。甄家于元宵节丢失女儿，又于元宵节后遭遇火灾，房屋"烧成一片瓦砾场了"。第五十三回《荣国府元宵开夜宴》，脂批云：此题"极富丽"。即指荣国府正处在极盛之时。而此后便由盛转衰，以致全面败落。"元宵节"，正是这一盛衰转折点的象征。

贾雨村对月口占①五言律诗

未卜②三生愿，频③添一段愁。
闷来时敛额④，行去几回头。
自顾风前影⑤，谁堪月下俦⑥。
蟾光⑦如有意，先上玉人楼⑧。

注释

①口占：作诗不起草稿，随口吟诵而成。
②未卜：不能预知。
③频：时时，常常。

④敛额：皱眉头。

⑤自顾风前影：顾影自怜之意。

⑥谁堪月下俦（chóu）：谁是月下老人给我婚配的佳偶？俦，伴侣。

⑦蟾光：月光，同时寓有"蟾宫折桂"（科举及第）之意。

⑧玉人楼：美人住的地方。玉人，指娇杏。

赏析

　　寄居于葫芦庙里的穷儒生贾雨村来到甄士隐家，正值甄家会客，于是便在书房等候。窗外有个丫鬟对他看了两眼，雨村以为其有意于他，便自我陶醉起来。中秋晚上，雨村对着月亮，吟了这首五律和下面的一联与一绝。

　　这首诗是贾雨村中秋夜对月随口吟出的单相思抒怀之作，准确地刻画出一个穷秀才倾慕女色及荣华富贵的心理。"未卜三生愿，频添一段愁"，意思是说：不知道自己对甄家丫鬟的心愿能否实现，但那多情的月光却增添了自己的烦恼。这是贾雨村不自信的自嘲，因为自己身无长物，担心漂亮的姑娘难以看上自己。"闷来时敛额，行去几回头"，意思是说：甄家丫鬟看到了他，离去时"不免又回头两次"。贾雨村自我感觉良好，以为那丫鬟是慧眼识珠，欣赏自己。"自顾风前影，谁堪月下俦"，贾雨村顾影自怜，觉得那美人对自己来说是高不可攀的，唯有借月光替他传达情意，"蟾光如有意，先上玉人楼"。其实，这里还隐含着贾雨村希望"蟾宫折桂"的心愿。

　　甄家丫鬟娇杏猛见到房中的陌生人，或许出于好奇，回头看了自己一下。可贾雨村自作多情，以为对方有意于自己，还自谓此女子必是风尘中之知己，真是想入非非，可笑至极。他愁眉苦脸，自惭形秽，恨不得马上"蟾宫折桂"，中举升官，扬名得意，以便博得一个女子的欢心，满足自己的欲望。

　　贾雨村在《红楼梦》中不是个无足轻重的角色，从前几回中就可以看出，此人野心勃勃，城府极深，喜怒不形于色，而又心狠手辣。他依靠甄士隐的慷慨资助赴京应举，名登金榜，衣锦还乡，回来当了知府。不久因"贪酷之弊"，被政敌弹劾削职为民，做了林黛玉的蒙师。后来又靠走贾政的"后门"，起复做官，由于善于钻营，在官场中爬上了更高的位置。脂砚斋的批语说他是王莽、曹操一类的人物，可能在贾家败落时，他还要有一番恩将仇报、落井下石的表演。

作者以忠于现实的笔触刻画这一人物形象时，并没有将他丑化或漫画化，在模拟其吟咏时也能充分注意到这一点并真实地表现出来。

咏怀一联

玉在椟①中求善价，钗于奁②内待时飞。

注释

①椟（dú）：匣子。
②奁（lián）：女子梳妆用的镜匣，泛指精巧的小匣子。传说汉武帝时有神女留下玉钗，到昭帝时有人想打碎玉钗，打开匣子，只见白燕从匣中飞出，升天而去。

赏析

贾雨村吟诵完相思诗后，意犹未尽，"又思及平生抱负，苦未逢时"，于是仰天长叹，吟出此联。贾雨村是封建社会追逐功名之士的典型代表，他有些真才实学，不甘"久居人下"，希望凭自己的才能求取功名。此联不仅表达了贾雨村壮志未酬的情怀，更体现了他急欲飞黄腾达的心情。

这副对联，表现了曹雪芹高超的写作手法。联中"求善价"的"价"谐音"贾"，"待时飞"的"时飞"又恰是贾雨村的字。以贾雨村的姓和字入联来表现他追逐功名的迫切心情，真是高妙！这种写作手法在《红楼梦》中经常能看到，后来清人张新称之为"按头制帽"。

贾雨村对月寓怀口占一绝

时逢三五①便团圆，满把清光护玉栏②。
天上一轮才捧出③，人间万姓仰头看④。

注释

①三五：十五日。
②玉栏：玉砌的栏杆。这里隐喻朝廷。
③捧出：形容月亮初升，像被人们捧出来的一样。
④万姓：指千家万户的百姓。

赏析

中秋之夜，甄士隐请贾雨村到家中做客。明月当头，二人酒兴正浓。贾雨村乘着酒兴，对月吟出这首诗。

全诗的意思：一到每月十五日的晚上，月亮便会满圆，把清光遍洒在玉栏杆上，好似护着它。天上一轮明月刚刚升起，人间的百姓便争着仰头去看。

贾雨村自比明月，要光照朝廷，他一旦有出头之日，就要使"人间万姓仰头看"。你看这个落魄的穷书生名利之心多重，多热切，野心多大！甄士隐此时还看不透他的品质，只是爱他的才华，所以极口称赞："妙哉！吾每谓兄必非久居人下者，今所吟之句，飞腾之兆已见，不日可接履于云霓之上矣。可贺！可贺！"贾雨村也不谦虚，直言道："非晚生酒后狂言，若论时尚之学，晚生也或可去充数沽名。"在甄士隐的资助下，贾雨村进京赴考，果然十分得意，"会了进士，选入外班"，任了知府，平步青云了。

诗的前两句平平，并无特色；后两句却透出气象不凡，抱负不浅。

贾雨村的所谓抱负，即一旦时机成熟踏进官场仕途，可以声威赫赫，高踞于广大百姓之上作威作福。他的政治野心在此暴露无遗。后文中贾雨村拍马钻营，攀附"四大家族"并以其作为"护官符"，贪赃枉法，草菅人命，其种种卑劣行径都是有深刻根源的。

好了歌

世人都晓神仙好，惟有功名忘不了！

古今将相在何方？荒冢一堆草没了^①。

世人都晓神仙好，只有金银忘不了！

终朝只恨聚无多^②，及到多时眼闭了。

世人都晓神仙好，只有姣^③妻忘不了！

君生日日说恩情，君死又随人去了。

世人都晓神仙好，只有儿孙忘不了！

痴心父母古来多，孝顺儿孙谁见了？

注释

①荒冢：荒芜的坟墓。没（mò）：沉没，掩盖。草没了，被草掩盖。
②终朝（zhāo）：从早到晚，整天。聚：积攒，聚敛。
③姣：相貌美好的样子。《慎子·威德》："毛嫱西施，天下之至姣也。"

赏析

　　女儿失踪，家业破败后，甄士隐和妻子移居乡下，不想却遇到了"水旱不收，鼠盗蜂起"的年头。无奈之下，甄士隐只好变卖家产，投奔岳父。而甄士隐的岳父是一个贪财的小人，他想方设法地将甄士隐的银子全部骗进自己的手里。于是甄士隐"急忿怨痛""贫病交攻"、走投无路。某日，甄士隐在街上遇见了一个"疯癫落脱、麻屣鹑衣"的跛足道人，道人边走边叨念，叨念的正是这首歌。

　　《好了歌》的消极色彩浓厚，但是我们还不能把它视为糟粕抛弃它。因为作者拟作这首《好了歌》，是对他所厌恶的社会现实的一种批判，尽管是一种消极的批判，但也有它的价值。作者出身于一个上层的封建世家，亲眼看到了这个阶级的腐朽、堕落，亲身体验了贵族阶级由兴盛到衰败的苦痛，进行了半生深沉的思索，了解了作者的生活经历，再看他写的这类具有虚无色彩的内容，就能够把它放到适当的地位去理解了。

它告诉人们：功业、金钱、妻妾、儿孙都是过眼云烟。而人之所以对这些东西有所贪恋，是因为没有"了"。跛足道人说"好便是了，了便是好"，就是想劝诫人们抛弃世俗。因为只有彻底地"了"，才能彻底地"好"。这首歌体现了一种逃避现实的虚无主义思想。

《好了歌》解注

陋室空堂，当年笏满床①；衰草枯杨，曾为歌舞场②。

蛛丝儿结满雕梁③，绿纱今又糊在蓬窗上。

说甚么脂正浓、粉正香，如何两鬓又成霜？

昨日黄土陇头④埋白骨，今宵红绡帐底卧鸳鸯。

金满箱，银满箱，转眼乞丐人皆谤。

正叹他人命不长，那知自己归来丧？

训有方⑤，保不定日后作强梁⑥。

择膏粱⑦，谁承望流落在烟花巷！因嫌纱帽⑧小，致使锁枷扛；昨怜破袄寒，今嫌紫蟒长。

乱烘烘，你方唱罢我登场，反认他乡是故乡⑨。

甚荒唐，到头来都是为他人作嫁衣裳⑩。

注释

①笏满床：形容家里人做大官的多。笏（hù）：古时礼制君臣朝见时臣子拿的用以记事的板子。

②场：演出场所。

③雕梁：雕过花的屋梁，指代豪华的房屋。

④黄土陇头：指坟墓。

⑤方：方法，良方。

⑥强梁：蛮横不讲理，这里指强盗。

⑦择膏粱：选择富贵人家子弟为婚姻对象。膏粱：本指精美的食品，引申为富贵之家。膏：肥肉；粱：细粮。

⑧纱帽：乌纱帽，古时候的官吏所戴的帽子，这里是官职的代称。

⑨反认他乡是故乡：佛家和道家通常把现实世界比作人暂时寄居的他乡，而把超脱尘世的虚幻世界看作故乡。

⑩为他人作嫁衣裳：比喻为别人做事自己没得到好处。

赏 析

甄士隐本是有宿慧的，经历了家破人亡后，看清了世态炎凉，一听《好了歌》就彻悟了，于是为《好了歌》做了深刻的解注。

跛足道人对甄士隐的解注拍掌叫好，并曰："解得切，解得切！"甄氏的解注好就好在他把世俗中人所看重的荣与枯、成与败、富与贫、贵与贱、寿与夭等进行了鲜明的对比，言语中充满了沧桑之感与沉郁之叹，形成了一种"忽荣忽枯、忽丽忽朽"（脂砚斋语）的气氛，让人不得不对世事的变幻和人性的冷暖进行深刻的反思。

甄士隐的解注既是对《好了歌》思想的深入解读和进一步发挥，也是对社会残酷现实的深刻批判，更是对醉心于功名利禄的人的当头棒喝。它是甄士隐经历了从"望族"到"贫病交加"之后的深刻体悟，不仅揭示了封建时代人生理想的幻灭，而且揭示了这种理想的矛盾与危机。

另外，《好了歌》解注也是作者对贾府兴衰及书中诸多人物命运的一种概括和预示。如"满床"一句，脂砚斋批语说是"宁荣未败之先"；"衰草枯杨"一句则是"宁荣既败之后"；又如"金满箱"一句指"甄玉、贾玉一干人"；"因嫌纱帽小"一句则指"贾赦、雨村一干人"；等等。

第二回

赞娇杏

偶因一着①错，便为人上人。

注 释

①一着：原指下一步棋，这里是借以说人的一种行动。

赏 析

　　贾雨村考中进士，做了知府，把当年在甄家当丫鬟的娇杏收为小妾。后来，贾雨村的正妻因病故去，娇杏遂由妾转妻，成为正室。这句话就是作者对此事所发出的感慨。

　　娇杏者，"侥幸"也。在书中她和英莲的命运形成了鲜明的对比。娇杏是"命运两济"，而英莲则是"有命无运"。当日娇杏在好奇心的驱使下回望贾雨村，也许并无倾慕之情，可正是因为这回头一望，使她从社会底层的一个卑贱丫鬟，变成了奴役他人的主子。而英莲本是娇杏的主子小姐，贾雨村的恩人之女，却因被拐命运坎坷。发达后的贾雨村不思回报，乱判"葫芦案"，使英莲的处境雪上加霜，沦为奴婢。这一联既有作者对娇杏的讽刺，又有对英莲的同情，更有对贾雨村的批判。

智通寺联语

身后有余①忘缩手，眼前无路想回头②。

注 释

①身后有余：所聚之财在自己死后已足够养家了。
②回头：悔改以前所为。

赏 析

贾雨村中举升官，不久就因贪酷徇私被革职，在林如海家暂充家塾教师。一日外出郊游，见一座破庙宇，额题为"智通寺"，门旁是这副破旧的对联。这副对联是对日趋僵化的封建社会制度的极佳写照，是对那些在名利场中贪求无度之人的一种讥刺和棒喝，也是对全书情节线索的高度概括。

寺名所谓"智通"，大概是说这副对联中所说的人生道理只有"智者"才能通悟，此处也是语含讥讽。因为一般人的本性都是趋于贪得无厌的，不到万不得已是绝不会自动"缩手"的，直至"一败涂地"，这并不关乎"智"与不"智"。至于"回头"，那也是被逼到走投无路之后对现实的逃避，是用自欺欺人的办法做精神麻醉罢了，当然更不能说明此人真的"通"了。

这副对联，贾雨村以为它"文虽浅近，其意则深"，这点他是深有感悟的，因为他自己就是"忘缩手"才被革职的。书中说他当知府期间"未免有些贪酷之弊"，虽没说出具体情节，但从他后来"乱判葫芦案"一事来推断，肯定也是见钱眼开，而且心狠手辣，干了些不可告人的勾当。贾雨村在官场中已经翻了一个小跟头，作者以他的经历写出这副对联，就显得更有意思了。然而他这种人是不会从中受到启示而

"回头"的。书中这样的人并不少，如贾赦、贾琏、王熙凤之类，在他们得势时恨不得把一切能到手的东西都据为己有，直到弄得家败人亡才不得不罢休。

　　作者用这样倒折逆挽的笔法，把全书的走向预先象征性地勾画几笔，暗示了小说所具体描写的贾府衰败的结局。由此也可看出，《红楼梦》确是精心之作，随便一副对联也能赋予它一种耐人寻味的深意，勾连到全书的主题。

第三回

荣禧堂联语

座上珠玑^①昭日月，堂前黼黻^②焕烟霞。

注释

①珠玑：珠宝，珠玉。比喻美好的诗文绘画等。

②黼黻（fǔ fú）：古代高官礼服上所绣的花纹，在这里泛指礼服、家具等上所绣的华美图案。

赏析

这是林黛玉初入贾府时所见，荣国府正堂中所挂的乌木联牌上用錾金字镶出来的对联，题明是东安郡王的手书。

上联写荣国府的豪华：座中人佩戴的珠玉光彩照人，可以与日月争辉。珠玑，本义为珠宝、珠玉，又常用来比喻诗文精彩，如杜牧有诗云："一杯宽幕席，五字弄珠玑。"所以这一句又兼赞座中人言谈不俗，文采风流。下联写荣府之显贵：堂上人所穿官服如烟霞般绚丽夺目。这一副对联与"钟鸣鼎食之家，诗礼簪缨之族"同义，符合贾府当时显赫的声势和地位。

这一副对联和后文第五十三回中出现的贾氏宗祠对联可以相互参看。大年三十，贾氏族人到宗祠祭祀先祖，作者借薛宝琴所见介绍了宗祠内悬挂的对联：勋业有光昭日月，功名无间及儿孙。这副对联歌颂贾氏的功勋光辉灿烂如同日月，他们的功名不间断地惠及儿孙。

从这两副对联可以看出，贾府这个历时百年的富贵之家是完全依赖祖辈的功勋和皇家的荫庇扶持，才享有显赫荣耀的地位。另外，这两副对联，一副为寄居贾府的林黛玉所见，一副为投靠贾府的薛宝琴所见，这样安排可谓用心良苦。

西江月·批宝玉二首

其一

无故寻愁觅恨，有时似傻如狂。纵然生得好皮囊①，腹内原来草莽②。

潦倒不通世务③，愚顽怕读文章④。行为偏僻性乖张⑤，那管世人诽谤！

其二

富贵不知乐业⑥，贫穷难耐凄凉。可怜辜负好韶光⑦，于国于家无望。

天下无能第一，古今不肖⑧无双。寄言纨绔与膏粱⑨：莫效⑩此儿形状！

注释

①好皮囊：好看的容貌。皮囊：指躯体、长相。佛家厌恶人的肉体，以为其中藏有涕、痰、粪、尿等污物，故又称躯体为臭皮囊。
②草莽：杂草，喻不学无术。
③不通世务：指宝玉不肯走科举考试之路。世务：谋生之道，包括应酬、礼教等一套人情世故。
④文章：指八股文等科举文章。
⑤行为偏僻性乖张：行为偏离封建正统，性情怪僻。

⑥乐业：安于富贵。

⑦好韶光：大好的时光。

⑧不肖：品行不好，没有出息。

⑨纨绔（kù）与膏粱：纨，素色细绢。绔，通"裤"，指不学无术的富家子弟。

⑩效：学习。

赏析

林黛玉初见贾宝玉，书中对宝玉的外貌做了一番描绘，接着说："看其外貌，最是极好，却难知其底细。后人有《西江月》二词，批宝玉极合。"就是这二首。

这两首词里说贾宝玉是"草莽""愚顽""偏僻""乖张""无能""不肖"等，看来似嘲讽，其实是赞美。因为这些都是借封建统治阶级的眼光来看的。作者用反面文章把贾宝玉作为一个封建叛逆者的思想、性格，概括地揭示了出来。

曹雪芹生活的时代，经宋代朱熹集注过的儒家政治教科书《四书》，已被封建统治者奉为经典，具有莫大的权威性。贾宝玉上学时，贾政就吩咐说："只是先把《四书》一气讲明背熟，是最要紧的。"然而宝玉对这些"最要紧的"东西，偏偏"怕读"，以至"大半夹生"，"断不能背"。这当然要被封建统治阶级视为"草莽""愚顽""无能""不肖"了。但他对《西厢记》《牡丹亭》之类理学先生所最反对读的书却爱如珍宝；他给大观园题对额，为晴雯写诔文，也显得很有才情。在警幻仙姑的眼中，他是"天分高明，性情颖慧"。可见，思想基础不同，评价一个人的标准也不一样。

贾宝玉尖刻地讽刺那些热衷功名的人是"沽名钓誉之徒""国贼禄鬼之流"，他一反"男尊女卑"的封建道德观念，说："女儿是水做的骨肉，男子是泥做的骨肉，我见了女儿便清爽，见了男子便觉浊臭逼人！"他嘲笑道学所鼓吹的"文死谏，武死战"的所谓"大丈夫名节"是"胡闹"，是"沽名钓誉"。贾宝玉这些被封建统治阶级视为"偏僻""乖张"、大逆不道的言行，正表现了他对

封建统治阶级的精神支柱——孔孟之道的大胆挑战与批判。而"那管世人诽谤",则更是对他那种傲岸倔强的叛逆性格的颂扬。

贾宝玉的叛逆思想在当时是进步的。他厌恶封建统治阶级的人情世故,不追求功名利禄,却过惯了锦衣玉食的剥削阶级生活。所以,一旦富贵云散,家道败落,他也就必然"贫穷难耐凄凉"了。细究词意,宝玉后来不幸的遭遇,是与他始终不改其"偏僻""乖张"的行为有关的(当然,贾府之败还与王熙凤等人的劣迹有关)。他挨父亲板子那次,贾环告他逼淫母婢,这还不过是"手足耽耽小动唇舌",然已足使"不肖种种大承笞挞";一旦真正遭到"世人诽谤",后果当然要严重得多。袭人曾因宝玉"情迷"黛玉,错向她诉说了"肺腑"之言,而"吓得魄消魂散",禁不住掉泪暗想:"如此看来,将来难免不才之事,令人可惊可畏……如何处置,方免此丑祸!"(第三十二回)看来,在曹雪芹笔下,这个所谓"不才之事"和由此招来的"丑祸"确是没有能够避免,因此宝玉才会落到我们在《〈好了歌〉解注》中已说过的那种"贫穷难耐凄凉"的境地。宝玉惹出祸来,"累及爹娘",这才叫作"孽根祸胎"(第三回脂批:"四字是血泪盈面、不得已、无可奈何而下,四字是作者痛哭"),才可以在这两首词中用"古今不肖无双"这样重的话。倘若他如后四十回续书所写,能接受老学究讲经义的开导和钗、袭(在续书中甚至还有黛玉!)的劝谏,终于去读《四书》,学时文,考科举,改"邪"归"正",这还能说他是"愚顽""偏僻""乖张"吗?他在"却尘缘"之前,自己既能高中乡魁,荣受朝封,光耀祖上,又生了个"贵子",继承祖业,"将来兰桂齐芳,家道复初",这怎么还能说他是"天下无能第一"呢?该说他"于国于家'有'望"才是!从封建观点看,如此终于没有"辜负""天恩祖德""师友规训"的回头浪子,岂不正可作为"纨绔与膏粱"效法的榜样吗?可见,续书所写违背了曹雪芹写贾宝玉的原意,不但使我们在理解曹雪芹这两首词时产生矛盾,而且也歪曲了《红楼梦》原来的主题思想。

赞林黛玉

两弯似蹙非蹙罥烟眉①，一双似泣非泣含露目。态生两靥之愁②，娇袭一身之病。泪光点点，娇喘微微。娴静时如娇花照水，行动处似弱柳扶风。心较比干③多一窍，病如西子④胜三分。

注释

①蹙（cù）：皱眉。罥（juàn）烟眉：形容眉色好看，像一缕轻烟。罥，挂。各个版本或作"笼"，或作"罩"，或作"冒"，或经涂改，或改全句。一般以清代怡亲王府原抄本《脂砚斋重评石头记》（后世简称"己卯本"）为准。

②靥（yè）：脸颊上的酒窝。袭：继，由……而生。这种用字和句子结构形式是骈体文赋中常见的修辞方法。

③比干：商代贵族，纣王的叔父，官为少师，因强谏触怒纣王而被处死。《史记·殷本纪》："（比干）乃强谏纣。纣怒曰：'吾闻圣人心有七窍。'剖比干观其心。"旧时赞人颖悟有"玲珑通七窍"的话。这句说林黛玉的心还不止七窍，是极言其聪明。

④西子：即西施，春秋时越国的美女。越王勾践为复国雪耻，将她训练三年后献给好色的吴王夫差，以乱其政。相传西施心痛时"捧心而颦（皱眉）"，更显娇柔之美。见《庄子·天运》。林黛玉因"眉尖若蹙"又叫"颦儿"，也暗取其意。

赏析

这段赞文见于宝、黛第一次会面时。宝玉早已看见了一个袅袅婷婷的女子，便料定是林姑妈之女，忙来见礼。归了座细看时，真是与众不同。

林黛玉是《红楼梦》中的第一女主角。她多愁善感，脆弱多病。这一方面与她身世孤单，精神上受环境的压抑有关，另一方面也反映了她贵族小姐本身的脆弱性。以至于如今林黛玉成了体弱多病、多愁善感、聪明伶俐、美貌过人的代名词。

　　《赞林黛玉》写贾宝玉眼中的林黛玉，是一篇骈文。文中主要体现出她弱不禁风的娇态和超凡脱俗的气质。古时女孩子画眉毛用一种松烟，有一点像墨。黛玉的眉间有一点淡淡的像烟一样的东西笼罩着，是说她不发愁的时候，都有一种发愁的感觉。她的姿态很美，两腮上满是愁容。这里形容一个女孩子的美不是讲她的容貌，而是在讲她的心情。所以宝玉看到的林黛玉不是一个物质性的存在。在他眼里，林黛玉看起来好娇弱，一身都是病。一般人很少这样形容美女。可这是宝玉在看黛玉，表示宝玉对她有很多的疼惜，这是一种主观的描绘。林黛玉的存在不是一个客观的存在，而是与宝玉特别有缘的。最奇特的描述是"泪光点点，娇喘微微"八个字。宝玉第一次看黛玉就觉得她一片泪光，这是一种感觉。第一回、第二回讲他们俩前世有过缘分，这一世相见的时候，留有对前世的回忆。"泪光点点，娇喘微微"，完全是宝玉对黛玉心疼的描绘，而不是实际的描绘。

　　《红楼梦》中写王熙凤跟写林黛玉的方法差别很大。王熙凤是黛玉眼中的一个光彩夺目的女人，而宝玉眼中的黛玉，给人一种娇弱的感觉。林黛玉的美是一种病态美，惹人心疼，惹人怜爱；"心较比干多一窍"又是对她冰雪聪明的赞美。整段文字展现给读者的是一个容貌、才华过人的少女形象。

　　小说中的林黛玉以弱不禁风的娇态为美，说明了美感是有阶级性的。贾府上的焦大固然不会爱林妹妹，新时代的青年阅读《红楼梦》，虽然可以理解和同情处在当时具体历史环境下的林黛玉，喜欢她的纯真聪明，却未必欣赏这种封建贵族阶级的病态美。而且，她的高傲与矜持，也让许多人对她颇有微词。

第四回

护官符^①

贾不假,白玉为堂金作马^②。

阿房宫,三百里^③,住不下金陵一个史。

东海缺少白玉床,龙王来请金陵王^④。

丰年好大雪^⑤,珍珠如土金如铁。

注释

①护官符:旧指地方上权贵的名单。其实就是流传在民间的顺口溜。称之为"护官符",
是说巴结这些官僚贵族就能保住官;得罪了他们不仅要丢官,可能连脑袋也保不住。

②"白玉"句:形容贾家的富贵豪奢。语自汉乐府《相逢行》:"黄金为君门,白玉为君堂。"

③阿(ē)房(páng)宫:秦时营造的宫殿,规模极为宏大。《史记·秦始皇本纪》载:
阿房宫前殿为"东西五百步,南北五十丈"。三百里:借用唐代杜牧的《阿房宫赋》中"覆
压三百余里,隔绝天日"的夸张说法,以形容史家的显赫。

④龙王:古代传说中多以为龙王珠宝极多,非常富有。这里借龙王求请,极言王家的
豪富。

⑤"丰年"句:展现薛家势力庞大,产业遍布天下各省各地,如同丰年大雪铺天盖地绵
延千里。雪,"薛"的谐音字,此为谐音双关。

赏析

　　《护官符》出现在《红楼梦》的第四回。薛蟠为了抢甄英莲作
为妾室打死了人,然后逃之夭夭。贾雨村补授应天府之后就接到了
这件人命官司。他当即打算发签差公人捉拿凶犯。这时站在案边的

一个门子以眼色阻止了他。这门子说："老爷既荣任到这一省，难道就没抄一张本省'护官符'来不成？"雨村忙问："何为'护官符'？我竟不知。"门子道："这还了得！连这个不知，怎能作得长远！如今凡作地方官者，皆有一个私单，上面写的是本省最有权有势，极富极贵的大乡绅名姓，各省皆然，倘若不知，一时触犯了这样的人家，不但官爵，只怕连性命还保不成呢！所以绅号叫作'护官符'。方才所说的这薛家，老爷如何惹得他！他这件官司并无难断之处，皆因都碍着情分面上，所以如此。"一边说，一边从顺袋中取出一张抄写的"护官符"来，递给贾雨村，上面皆是本地大族名宦之家的谚俗口碑。其口碑排写得明白，下面所注的皆是自始祖官爵并房次。门子提醒贾雨村：本省这四大家族"皆连络有亲，一损皆损，一荣皆荣，扶持遮饰，俱有照应的"，薛蟠就是"丰年好大雪"的薛家的公子，不可莽撞。

《护官符》是官员们所藏的私单。"护官符"是从"护身符"一词化出的新名词，这三个字最集中地点出了这张"私单"的实质。它对封建宗法思想、政治、经济制度和官场的腐败、丑恶的揭露是极为深刻的。而作者又把它安排在整个故事展开之前，应该说是寄寓很深的。所以，《护官符》及其有关情节，历来受到人们的重视。

《护官符》的内容并不难理解。"贾不假，白玉为堂金作马"，是形容贾家的富贵豪奢；"阿房宫，三百里，住不下金陵一个史"，是形容史家的显赫；"东海缺少白玉床，龙王来请金陵王"，此处借龙王求请，极言王家的豪富；"丰年好大雪，珍珠如土金如铁"，是形容薛家的富足。《护官符》每层均由两部分构成：前面的"口碑"是大字，"口碑"下面又有小字作为注。注的内容是各家的"始祖官爵并房次"，借以具体说明四大家族权势和财产的分布状况，让人们看了，就对他们在政治上和经济上的显赫地位了然于心。

这《护官符》有四大特点：一是具有地域性，是金陵一省的护官符，可推断其他省也有护官符；二是这四家排列，依据官爵富贵财势，有固定顺序，不得错乱；三是四家皆联络有亲，生死相关，荣辱与共，一损皆损，一荣皆荣；四是这个护官符在当地家喻户晓，妇孺皆知，成为口碑。脂砚斋在《护官符》旁加批语云："请君着眼护官符，把笔悲伤说世途。"脂砚斋参与了小说的部分创作构思，并且进行了评点，对小说涉及的人物、事件了如指掌，他在这里特意揭示了护官符在小说中非同寻常的价值和地位，显然是提醒读者不可疏忽。可以说，《护官符》是作者精心设计的一个道具，它显然是世情小说《红楼梦》中的一个重要关目，不仅是表现小说主题的一个不可替代的重要窗口，而且在艺术上具有举足轻重的作用。

因为《护官符》是老百姓的口头创作，所以语言极度夸张。它流露出的情绪，不是对权贵的富贵和权势的艳美，而是对他们官官相护、横行不法的咒骂。薛蟠为了争买一个被拐卖的丫头，打死小乡宦的儿子冯渊，"他竟视为儿戏，自以为花上几个臭钱，没有不了的"。这一件"并无难断之处"的人命官司拖了一年之久，"竟无人作主"。贾雨村竟然出尔反尔，胡乱判决了此案，向四大家族送了个"整人情"，写了封"令甥之事已完，不必多虑"的信，就算完事。他明知被拐卖的丫头原是他的大恩人甄士隐的女儿英莲，却任凭她落入火坑而置之不理。所有这些，都可以从这张极写四大家族权势和豪富的《护官符》中找到答案。正是这张直接揭露封建政治的腐败和整个社会的黑暗与残酷的《护官符》，向读者显示了锦衣玉食的宁荣二府原来只是吞噬无数被压迫、被剥削人民的血汗和生命的罪恶渊薮。

第五回

宁国府上房对联

世事洞明①皆学问，人情练达②即文章。

注 释

①洞明：洞察明了。
②练达：老练通达。

赏 析

　　这副对联的意思：把人情世故弄懂就是大学问；有一套应酬的本领也是好文章。小说第五回写荣宁二府女眷赏梅，并举行家宴。宝玉席间困倦，想睡中觉，被秦可卿领到上房，见房内挂着一幅《燃藜图》，旁边挂着这副对联。宝玉看后，厌恶得不得了，赶紧走出。《燃藜图》画的是西汉时期学者刘向的故事。刘向夜间在天禄阁校对古书，有个穿黄衣服的老者进来，见刘向在暗中读书，就把拐杖的一端吹燃，有了光线刘向才同老者见面。老者教给刘向很多学问，天明才走，自称是太乙之精（神仙）。

　　贾宝玉随贾母等至宁府赏梅，倦怠欲睡中觉，侄媳秦可卿先领他到上房内间，宝玉见室中挂着一幅《燃藜图》，"心中便有些不快"，又见了这一副对联，"纵然室宇精美，铺陈华丽，亦断断不肯在这里了"。

　　《燃藜图》再配上这副联语，是封建阶级陈腐的说教。《燃藜图》启示人们要像刘向那样寒窗苦读，准备求取功名的资本。这副对联也是劝导子弟们去熟悉社会上的各种事态，以便做官，建功立业；同时教育子弟通晓人情世故，以便应酬好上下左右的关系，在社会

（其实就是指官场）上立足。

贾宝玉这个封建阶级的"逆子"，却是最讨厌这一套的。他不愿读所谓"治理"之书，无志去"修身齐家治国平天下"，所以一遇到这类说教或暗示，就受不了。所以，宝玉一见此联，连叫："快出去！快出去！"环境特点和人物思想性格两方面都写得十分鲜明突出。第三十二回中湘云曾劝他"会会这些为官做宰的人们，谈谈讲讲些仕途经济的学问，也好将来应酬世务，日后也有个正经朋友"，他当时就拿下脸来赶她走，并讥刺她："我这里仔细污了你知经济学问的。"宝钗用同类话劝他，他也立即给她以难堪。贾政教训他时，他也同样反感，只是不敢流露而已。难怪他一见此图此联，不仅"心中便有些不快"，而且"断断不肯在这里了"。

秦可卿卧室对联

嫩寒锁梦因春冷①，芳气袭人是酒香②。

注　释

①嫩寒：轻寒，微寒。锁梦：不成梦，睡不着觉。唐齐己《城中示友人》诗："重城不锁梦，每夜自归山。"春冷：比喻青春孤单寂寞。
②此句意为：人被酒和花的香气所吸引。

赏　析

这副对联的意思：初春时节天气微寒，孤单寂寞难以入眠成梦；扑面而来的香气，是美人呼出的酒香。

这一联是宝玉到秦氏房中所见，对联在明代画家唐伯虎画的《海棠春睡图》的两旁。秦太虚，即秦观（1049—1100），北宋词人，字少游，一字太虚，号淮海居士，高邮（今属江苏）人，曾任太学博士及国史院编修官，是"苏门四学士"之一。他的诗词多写男女情爱，风格纤弱靡丽。但是，小说中的这副对联并非出自他手，只是小说作者的拟作。

此处的一联一画，与房内其他种种摆设器物一样，全用假托，均为历史上有名的"香艳故事"。

秦可卿的卧室是个青春少妇的卧室，其摆设、色调、气息，处处都同普通卧室不同。书中说宝玉当时已13岁，正是青春萌动期的开始，这个卧室的一切对他仿佛都是一种朦胧的启示。作者在这里凭空杜撰了许多摆设，什么武则天的宝镜、赵飞燕的金盘、掷伤杨贵妃乳房的木瓜、寿昌公主（刘宋时人）的卧榻、同昌公主（唐代人）的珠帐等。上述这些人都是风流女性，其含义不言自明。唐伯虎的画和秦少游的对联，也是作者根据需要杜撰的。从这些暗示看，秦可卿不像是个能恪守贞操的女子。《金陵十二钗》正册判词说她"情既相逢必主淫"，曲演《红楼梦》里说她"擅风情、秉月貌，便是败家的根本"，都说明秦可卿在宁国府这个大染缸里已经掉入"泥沼"中了。

警幻仙姑歌辞

春梦①随云散，飞花②逐水流。
寄言③众儿女，何必觅闲愁④。

注 释

①春梦：比喻欢乐短暂。
②飞花：比喻青春易逝。
③寄言：留言告诫的意思。
④闲愁：多余的烦恼，无谓的痛苦。

赏 析

《红楼梦》第五回写贾宝玉在秦可卿房里睡着后，梦见自己在秦可卿引导下来到了一个"人迹稀逢，飞尘不到"的仙境，即"太虚幻境"，之后听到山后有人（警幻仙姑）唱出了这首歌词。

所谓"太虚幻境"，完全是作者根据需要凭空虚拟的。梦里的故事是假的，但作者借此表现的思想却不是文章游戏，而是寄寓了很深的含义，特别是金陵十二钗的判词及《红楼梦》曲是全书的纲领，读者要仔细研究，认真对待。

这首歌词以虚无观念对男女间爱情进行了否定。《孟子》里说："食、色，性也。"《礼记》里说："饮食男女，人之大欲存焉。"这些都是关于男女情爱的唯物论的说法。但佛教认为，一切苦恼都起源于情欲，要摆脱烦恼就要斩断一切情思，包括爱的情欲。警幻仙姑让宝玉听见这首歌，是要启发他"醒悟"，不要陷入情爱的纠葛中不能自拔。

警幻仙姑赋

　　方离柳坞，乍出花房。但行处，鸟惊庭树；将到时，影度回廊①。仙袂乍飘兮，闻麝兰之馥郁；荷衣②欲动兮，听环佩之铿锵。靥笑春桃兮，云堆翠髻③；唇绽樱颗兮，榴齿含香。纤腰之楚楚④兮，回风舞雪⑤；珠翠之辉辉兮，满额鹅黄⑥。出没花间兮，宜嗔宜喜⑦；徘徊池上兮，若飞若扬⑧。蛾眉欲颦兮，将言而未语；莲步乍移兮，欲止而欲行。羡彼之良质兮，冰清玉润，羡彼之华服兮，闪灼文章。爱彼之容貌兮，香培玉琢；美彼之态度兮，凤翥龙翔。其素若何？春梅绽雪。其洁若何？秋菊被霜。其静若何？松生空谷。其艳若何？霞映澄塘。其文若何？龙游曲沼⑨。其神若何？月射寒江。应惭西子，实愧王嫱。奇矣哉！生于孰地，来自何方？信矣乎！瑶池不二，紫府无双。果何人哉？如斯之美也！

注 释

①影度回廊：先见曲廊上身影移动。度：飘动。
②荷衣：用荷花制成的衣服，相传为神仙所穿。
③云堆翠髻：乌黑的发髻如云隆起。堆：隆起。髻：古代女子一种梳得很高的发式。
④楚楚：原指鲜明的样子，引申为好看。
⑤回风舞雪：形容身姿轻盈。
⑥满额鹅黄：六朝时，妇女于额间涂黄色为饰，称额黄，到唐代还保持着这种妆饰。
⑦宜嗔（chēn）宜喜：无论生气还是高兴，都是很美的。嗔：生气。
⑧若飞若扬：形容衣裙飘飘好像要随风飞去。
⑨龙游曲沼：传说龙耀五彩，所以以游龙为喻。曲沼：曲折迂回的池塘。

赏 析

  这篇文章的译文如下：

  就像鸟儿刚刚飞离柳树芳林，又像蝴蝶飞离花房，香洒全身。美丽的仙子啊，你走到哪里都是风光一片，就连园中的小鸟看见你，都会惊讶你的美丽，离开枝头，跟在你的身后飞鸣殷勤。你轻盈的脚步刚一移动，你苗条的身影，就在九曲回廊上摇曳光临；你宽阔的衣袖刚一飘起，浓郁的兰麝早已芳香沁人；你荷花般的裙裾轻轻移动，早已传来环佩叮咚的一片玉音。脸上的笑靥能和春桃媲美；祥云般的发髻，像流淌的小溪垂洒在耳鬓。微笑的玉口如樱桃般大小，石榴般的牙齿，含香红唇。看那妖娆的身段，颤微微的就像雪花飞舞，清风吐波静无尘。和珠玉钗环交相辉映的，是那鹅黄和鸭绿。在眉毛和额头上，蕴含着彩色的光晕。你在万花丛中时隐时现，生气和高兴，都一样美丽动人。你在池边留恋玩赏，风吹衣带，轻飘飘的，美轮美奂。蚕丝般的眉毛将要皱起，想要说话，却欲言又止，始终没有发出声音。莲花般的脚步轻轻抬起，想要停下来却又落在地上向前找寻。

我爱慕仙子的优良品质，像冰那样晶莹清澈透明，像玉那样洁白清芬。我爱慕仙子的华贵衣裳，闪烁的光彩映衬出灿烂的花纹。我爱慕仙子那倾国倾城的容貌，如同用香料做成了玉石，然后再雕出那美得天下难找、地上难寻的玉人。仙子的风姿好美啊，就像飞舞的凤凰在空中舒展，又像起舞的神龙在云中歌吟。你的洁白像什么，白梅带雪开在早春。你的清纯像什么，秋菊披霜不染纤尘。你的宁静像什么？幽谷青松自成独林。你的艳丽像什么？朝霞映红池塘里的缤纷。你的文雅像什么？长龙在曲池中缓缓悠游的波纹。你的神采像什么？犹如晶莹的江水照着皎洁的月儿画一轮。这样沉鱼落雁的容貌，哪个美人能比得上啊？羞愧了那位浣纱沉鱼的西施女；还有那位远嫁塞北，让空中飞行的大雁看见她，只顾欣赏美丽，忘了扇动翅膀而跌落云头的王昭君。

太神奇了，我的仙子啊！你生在何地，来自何方？为何长得这样美丽，这样动人？我相信，就是在天上的瑶池也找不到像你这样的第二个，那里的七仙女，没有你这样举止文雅，丰姿绝伦。至于在神仙洞府里，你的容貌，更是天上难找，地下难寻。独一无二，俊俏超群。我知道了：你是从天庭宴会上刚刚归来，你是不是坐在瑶池边上的，那位最美丽最尊贵的上座佳宾。你是仙宫中举世无双的好姑娘，天地间最美丽的化身。你究竟是谁啊？我的警幻仙子，如此的美丽，你是一位绝无仅有的神仙美人。

警幻仙姑的形象完全是虚构的，只因为小说要有太虚幻境的情节，才要虚构出这样一个仙子来。所以，她的形象并不是也没有必要写得全个性化。同时，既写了仙子，就得把她的美貌铺张渲染一番，以显得合理相称，因而也就不得不借用一般小说所惯用的套头。这首赋在很大程度上借鉴了曹植的《洛神赋》，如"回风舞雪""将言而未语"就是取自于《洛神赋》中的"飘飘兮若流风之回雪""含辞未吐"等句。

脂砚斋批注说："按此书凡例，本无赞赋闲文；前有宝玉二词，

仅复见此一赋，何也？盖此二人乃通部大纲，不得不用套。前词却是作者别有深意，故见其妙；此赋则不见长，然变不可无者也。"末二句话有一点是对的：赋的本身没有多大意义。附带应说明的是，脂砚斋批注中"此书凡例"的说法，指的是《红楼梦》一书的体例，并非指甲戌本卷首的《凡例》等。中国古典小说在介绍人物或描写景物时，常插入这一类的"赞赋闲文"，唯独此书体例上有区别，基本上不用这种套头，所以脂砚斋在批注中特为指明。

孽海情天对联

厚地高天①，堪叹古今情不尽；

痴男怨女，可怜风月债难酬②。

注释

①厚地高天：原本出自《诗经·小雅·正月》："谓天盖高，不敢不局（拘束，戒慎）；谓地盖厚，不敢不蹐（小步行走，畏缩）。"后用以说天地虽宽广，人却受禁锢不得自在。元好问《论诗》中云："东野（孟郊，唐代苦吟诗人）穷愁死不休，高天厚地一诗囚。"这里正用这个意思。

②风月债：风月，本指美好景色，引申为男女情事，以欠债还债为喻，是受宿命论的影响。酬，酬报，偿还。

赏析

贾宝玉跟随贾母等至宁府赏梅，倦怠欲睡午觉，侄媳秦可卿先领宝玉梦随仙姑到一处，先见"太虚幻境"的石牌和对联，接着在宫门上看到"孽海情天"四个大字和这副对联。再入内到配殿，则是"薄命司"的对联。

《红楼梦》写了荣府内外大大小小无数矛盾纠葛，男女间正当和不正当的关系也是其中的一部分。这副对联从虚无观念出发，不分美丑，对之一概否定，表现了作者一股愤激和悲观的情绪。警幻仙姑的"警幻"二字本意是警告人们从梦幻中醒来之意。她领宝玉看见这副对联，是要用它来告诫宝玉。但宝玉当时毕竟还是一个孩子，看了似懂非懂，想道："原来如此。但不知何为'古今之情'，何为'风月之债'？从今倒要领略领略。"结果，不但没能使他"觉悟"，反倒引发了他的好奇心，触发了他性意识的觉醒。所以说，"古今情不尽""风月债难酬"，一般人是很难从中警醒的。

佛教把罪恶的根源称为"孽"，并认为男女情爱也是一种罪恶的根源；世上俗人都陷入情爱纠葛带来的无尽烦恼中，所以称之为"孽海情天"，作者借此说"古今情不尽""风月债难酬"。

薄命司对联

春恨秋悲①皆自惹，花容月貌为谁妍②。

注释

①春恨秋悲：与《孽海情天对联》中"古今情""风月债"义相似，指小说中林黛玉在春花零落、秋窗风雨之际触景生情，引起身世遭遇的悲愁。

②花容月貌：比喻女子容貌美丽。妍：美。

赏析

宝玉在太虚幻境的内殿看到许多匾额对联，其中写有"痴情司""结怨司""朝啼司""夜哭司""春感司""秋悲司"。仙姑告诉他："此各司中皆贮的是普天之下所有的女子过去未来的簿册。"然后，一道至"薄命司"，匾额两边写着这副对联。这里，先虚陪的六个司，从司名看，其实也就是小说所写的"薄命"种种。

对联的内容正合太虚幻境这一虚构情节的需要，孤立地从表面上看，都是所谓"戒妄动风月之情"，与小说深刻地揭露当时现实社会的黑暗腐朽的主要倾向仿佛是矛盾抵触的。但是，如果读者仔细地研究曹雪芹对全书原来的构思，就会发现这些对联也与这一回中诸多判词、曲子一样具有暗示人物未来命运的意图，并非泛泛地劝人净心寡欲以求能超度"孽海"。

暗示的对象主要是小说的中心情节——贾宝玉、林黛玉的爱情悲剧。从现在所见后40回续书情节来看，林黛玉是死于被贾母等所弃，以及贾宝玉娶薛宝钗。这谈不上什么"春恨秋悲皆自惹"。许多线索都可以证明，在曹雪芹的笔下，林黛玉原是为贾宝玉的获罪受苦而忧愤悲痛致死的。所谓酬风月之债，主要也指眼泪还债，而"眼泪还债"的正确含义，应是说林黛玉流尽了最后的泪水，以报答知己相知相爱的恩情，而不是如续书所写的怨恨知己的薄幸。所以，见过全部原稿的脂砚斋写下批语说："绛珠之泪至死不干，万苦不怨，所谓'求仁而得仁，又何怨？'悲夫！"（《红楼梦》戚序本第三回总评）这里所引《论语》中"求仁"等句，就是"自惹"二字的注解。林黛玉后来行酒令时，抽得花名签的诗句是"莫怨东风当自嗟"，也有同样的隐含义。

"皆自惹"也好，"当自嗟"也好，或者如警幻仙姑歌中所唱的"觅闲愁"也好，都不过是怀着悲观情绪的作者的无可奈何的话，他并不真正想把悲剧的造成归咎于不幸者自身。这从小说任何一个情节的具体描写中都可以得到证明。

晴雯判词

霁月难逢，彩云易散①。心比天高，身为下贱。风流灵巧招人怨；寿夭②多因诽谤生，多情公子③空牵念。

注 释

①霁(jì)月：明月，比喻开阔的胸襟和心地。雨后新晴叫霁，寓"晴"字。彩云：比喻美好。云呈彩叫雯，寓"雯"字。
②寿夭：短命夭折。晴雯死时约16岁。
③多情公子：指贾宝玉。

赏析

宝玉在"薄命司"里看见的金陵十二钗正册、副册、又副册，是按照大观园内女孩们的身份、地位划分的。贵族小姐、少奶奶们的名字都在正册中，介于小姐和丫鬟间的女孩儿名字在副册中，上等丫鬟的名字在又副册中。宝玉是从又副册看起的。这一首说的是晴雯。判词前还画着一幅画："又非人物，也无山水，不过是水墨瀚染的满纸乌云浊雾而已。"

霁月难逢，是说像晴雯这样的好姑娘难以找到；同时"难逢"又是"难于逢时"，即命运不好的意思。"彩云易散"是预示她薄命早死。画里的"乌云浊雾"也是说她的遭遇将是一塌糊涂。这两句意思是说：像晴雯这样的人极为难得，因而也就难于为阴暗、污浊的社会所容。她的周围环境正如册子上所画的，只有"满纸乌云浊雾而已"。"心比天高，身为下贱"，是说晴雯从不肯低三下四地奉迎讨好主子，没有阿谀谄媚的奴才相。"风流灵巧招人怨"，传统道德提倡"女子无才便是德"，要求安分守己，不必风流灵巧，尤其是奴仆，如果模样标致、倔强不驯，则必定会招来一些人的妒恨，从而"因谤而夭"，徒留"多情公子空牵念"。

晴雯相貌美丽，心地纯洁，聪明伶俐，双手又巧，是怡红院里最拔尖的女孩子。虽是奴婢，但从不自轻自贱去巴结谁；性格刚烈，疾恶如仇，有话便说，而且常常是一针见血。这就坏事了。荣府大太太邢夫人的陪房王善保家的，是个心地邪僻的奴才，就因为晴雯平日不趋奉她，便忌恨在心，乘着"绣春囊事件"阴毒地使了手脚，在王夫人面前说："太太不知道，一个宝玉屋里的晴雯，那丫头仗着她生得模样儿比别人标致些，又生了一张巧嘴，天天打扮得像个西施

的样子，在人跟前能说会道，掐尖要强。一句话不投机，她就立起两个骚眼睛来骂人，妖妖趫趫，大不成个体统。"这段话在一个爱子如命的封建贵妇心理上起什么作用，就可想而知了。王夫人认为是晴雯把宝玉勾引坏了，把她叫来，尖酸刻薄地辱骂一顿。当王善保家的随着凤姐来到怡红院搜检她时，"晴雯挽着头发闯进来，豁啷一声将箱子掀开，两手提着底子往地下一倒，将所有之物尽都掉出来"，当场给王善保家的一个大难堪。这种宁折不弯的性格，使她想当奴才也不可得了。就在她病体支离的情况下，被赶出大观园，在她那个不成器的姑舅哥哥的又破又脏的家里凄凄惨惨地死去，年仅十六岁。

鲁迅先生说过，悲剧就是把人间美好的东西毁灭给你看。《红楼梦》把晴雯这个聪明美丽的少女写得光彩四射，楚楚动人，又把她的结局写得让人剌心搅肺，心酸落泪，引起人们深沉的思索，这就是现实主义手笔的魅力。

袭人判词

枉自温柔和顺①，空云似桂如兰②。
堪羡优伶有福③，谁知公子无缘④。

注 释

①枉：白白地。
②"似桂如兰"，暗点其名。宝玉从宋代陆游《村居书喜》诗"花气袭人知骤暖，鹊声穿树喜新晴"（小说中改"骤"为"昼"）中取"袭人"二字为她取名，而兰桂最香，所以举此，但"空云"二字则是对香的否定。
③堪羡：值得羡慕。在这里带有调侃的味道。优伶：旧称戏剧艺人为优伶。这里指蒋玉菡。
④公子：指贾宝玉。

赏析

这一首判词说的是袭人。宝玉看完晴雯的判词（当然没有看懂），又往下看"见后面画着一簇鲜花，一床破席"（鲜花隐"花"字，破席隐"袭"字），接下去就是这首判词。

袭人是曹雪芹笔下封建社会奴婢的代表，缺乏反抗精神，最后成为传统的卫道士。"枉自温柔和顺，空云似桂如兰"，是说袭人白白地用"温柔和顺"的姿态去博得主子们的好感，其卑贱的地位并没有因此得到改变。"堪羡优伶有福，谁知公子无缘"，是写贾宝玉饥寒交迫之时，袭人始乱终弃，早就离开宝玉，嫁给了蒋玉菡。

袭人原来出身贫苦，幼小时因为家里没饭吃，老娘要饿死，为了换得几两银子才卖给贾府当了丫头。可是她在环境影响下所逐渐形成的思想和性格却和晴雯相反。她的所谓"温柔和顺"，颇与薛宝钗的"随分从时"相似，合乎当时的妇道标准和礼法对奴婢的要求。这样的女子，从封建观点看，当然称得上"似桂如兰"。作者在判词中用"枉自""空云""堪羡""谁知"，除了暗示她将来的结局与初愿相违外，还带有一定的嘲讽意味。

再看册子里所绘的画，是"一簇鲜花，一床破席"，除了"花""席"（袭）谐音其姓名外，"破席"的比喻义也并不光彩。当然，袭人的可非议之处并不是她不能"从一而终"，而在于她的奴性。就是这样一个最合"三从四德"标准的女子，最后却落到一个戏子手里。按脂批"琪官（蒋玉菡艺名）虽系优人，后同与袭人供奉玉兄（宝玉）、宝卿（宝钗）得同终始"一句提供的线索，我们还可猜测宝玉和宝钗在穷困落魄后，要靠袭人夫妇过一段生活。这一切在作者看来都是命运在捉弄人，所以才有后两句的感叹。但续书未遵原意，安排袭人在宝玉出家为僧之后才嫁人，有些不切诗意。

香菱判词

根并荷花一茎香，平生遭际①实堪伤。
自从两地生孤木②，致使香魂返故乡。

注释

①遭际：遭遇。
②两地生孤木：两个"土"字加上一个"木"字，是"桂"字，指夏金桂。

赏析

这一首判词说的是香菱。宝玉看又副册判词不解，又去翻副册，见上面"画着一株桂花，下面有一池沼，其中水涸泥干，莲枯藕败"，接着便是这首判词。

香菱是薛家的丫头，是奴婢，进不了"正册"；可她原是甄士隐家的贵小姐，也不能进"又副册"，所以作者就把她安排在介于主奴之间的"副册"里。

香菱是甄士隐的女儿，她一生的遭遇是极为不幸的。名为甄英莲，其实就是"真应怜"。曹雪芹在第一回中一开始就写到她，后来又在多个回目中写到她，可见对她的怜爱与同情。

判词的第一句暗点香菱其名。香菱本名英莲，莲就是荷，菱与荷同生池中，所以说根在一起。书中八十回香菱曾解自己的名字说："不独菱花，就连荷叶莲蓬都是有一股清香的。""平生遭际实堪伤"，作者直抒胸臆，毫不掩饰对她的同情。"自从两地生孤木，致使香魂返故乡"，是说自从薛蟠娶夏金桂为妻之后，香菱就被迫害而死了。

英莲三岁时被拐走，养到十几岁卖给薛蟠，给这个花花太岁做了侍妾。后来薛蟠娶了个又贪又嫉、又狠又毒的泼妇夏金桂，香菱受尽他们的凌辱虐待，含恨而死。按照曹雪芹本来的构思，关于香菱的结局，这首判词说得很明确。从第八十回的文字看，既然"酿成干血痨之症，日渐羸瘦作烧"，且医药无效，接着当写她"香魂返故乡"，亦即所谓"水涸泥干，莲枯藕败"。而高鹗的续书写夏金桂死后，香菱被扶正，当了正夫人，显然是不符曹雪芹的意图的。在第一百零三回中写夏金桂在汤里下毒，要谋害香菱，结果反倒毒死了自己，以为只有这样写坏心肠人的结局，才足以显示"天理昭彰，自害其身"。把曹雪芹对封建宗法制度摧残妇女的罪恶的揭露与控诉的意图，改变成一个包含着惩恶劝善教训的离奇故事，实在是弄巧成拙。

如果说甄家的"小荣枯"映衬着贾家的"大荣枯"，那么香菱的命运也是对大观园群芳命运的一个暗示。谁能想象得到娇生惯养的甄家的掌上明珠，会成为一个让人作践的奴才呢？谁能容忍那么聪明俊秀的姑娘，配给一个只会作"哼哼韵儿"的蠢材呢？有人说过这是"玉碗金盆贮以狗矢（屎）"，实在令人惋惜。英莲就是"应怜"，从作者宿命论的观点看来，这是不可解的，命运是无情的。

钗黛判词

可叹停机德①，堪怜咏絮才②；
玉带林中挂③，金簪雪里埋④。

注释

①停机德：东汉乐羊子外出求学，中途而归，其妻停下织布机，割断经线，劝导其不要半途而废。在此喻宝钗之德。

②咏絮才：东晋谢道韫有才。某日大雪，谢道韫的叔叔谢安问："白雪纷纷何所似？"谢道韫的堂兄谢朗答："撒盐空中差可拟。"谢道韫答："未若柳絮因风起。"谢安对谢

道韫赞赏不已。在此喻黛玉之才。

③玉带林中挂：前三个字倒读音谐"林带玉"，指贾宝玉始终挂念林黛玉。

④金簪雪里埋："金簪"喻宝钗，"雪"谐音"薛"。此句暗喻宝钗结局凄凉。

赏析

这一首说的是薛宝钗、林黛玉两个人。

宝玉看"副册"仍是不解，又去看"正册"，见第一页上"画着两株枯木，木上悬着一围玉带；又有一堆雪，雪下一股金钗"（两株枯木是"林"字，雪谐"薛"音）。下面就是这首判词。

第一句是说宝钗有封建阶级女性最标准的品德。她"品格端方，容貌丰美"，"行为豁达，随分从时"，荣府主奴上下都喜欢她。作者又说她"罕言寡语，人谓藏愚；安分随时，自云守拙"，正是封建时代有教养的大家闺秀的典型。她能规劝宝玉读"圣贤"书，走"仕途经济"的道路，受到宝玉冷落也不计较。黛玉行酒令时脱口念出闺阁禁书《西厢记》《牡丹亭》里的话，她能偷偷提醒黛玉注意，还不让黛玉难堪。按当时贤惠女子的标准，她几乎达到无可挑剔的"完美"程度。但读者同这个典型总是有些隔膜，这是为什么呢？就是她对周围恶浊的环境太适应了，并且有时还不自觉地为恶势力帮一点小忙。如金钏被逼跳井后，她居然不动感情，反倒去安慰杀人凶手王夫人。有人评论说，她是个有尖不露、城府很深、一心想当"宝二奶奶"的阴谋家，这也似乎有些太过分了。她自己既是封建礼教的卫道士，又是个封建道德的受害者。贾家败落后，她的下场也不妙，"金簪雪里埋"就是预示。

第二句是说林黛玉是个绝顶聪慧的才女。她的才华是大观园群芳之冠，是智慧的女神。她从小失去父母，寄养在外祖母家，尽管是贾母的"心肝肉"，可是以她的敏感，总摆脱不了一种孤独感。特别是在对宝玉的爱情上，几乎到了神经过敏的程度。好在宝玉对她

一往情深，处处宽慰她，哪怕是篱玉歪派给他的"错误"，他也承认。这样，他们的爱情就在一种奇特的、连续不断的矛盾痛苦中发展着。一会儿笑，一会儿又哭了，哭时要比笑时多；刚刚和好了，突然又闹翻了，闹翻一次反倒加深一次感情。他们的爱情在有形无形的外界压力下，形成一种畸形。在荣国府那样的环境里，越敏感的人就越忍受不了。黛玉的悲剧就在于她不会像宝钗那样会装"糊涂"，她太聪明了。

宝钗和黛玉是一对相互对称的典型：一个胖，一个瘦；一个柔，一个刚；一个藏愚守拙，一个锋芒毕露；一个心满意足地成为"宝二奶奶"，一个凄凄惨惨地不幸夭折。但这一对情敌中没有胜利者，后两句说得明白：宝玉的心仍在"林中挂"，宝钗要冷清清地守一辈子活寡。

贾元春判词

二十年来辨是非，榴花开处照宫闱。
三春争及初春景①，虎兔相逢大梦归②。

注释

①三春：春季的三个月，暗指迎春、探春、惜春。争及：怎及。初春：指元春。
②虎兔相逢：原意不明。有人说是元春死时的年月时间，如后四十回续书中说："是年甲寅十二月十八日立春；元妃薨日，是十二月十九日，已交卯年寅月。"有人说是影射康熙死胤禛嗣位，第二年改元雍正。还有人认为可能暗示元春死于两派政治势力的恶斗之中。大梦归：指死。

赏析

这一首判词说的是贾元春。

判词前面"画着一张弓，弓上挂着香橼"（弓字谐"宫"字，表明和宫廷有关；橼，一种叫佛手柑的植物，音 yuán，谐"元"字音）。

元春是贾家的大小姐，贾政的长女。她以"贤孝才德"被选进宫里做了女史（女官名），后来又被晋封为"凤藻宫尚书"，加封"贤德妃"，是荣府女性中地位最高的一位。贾家煊赫的势力，除靠祖宗功名基业外，还靠着家里出了这位"贵妃娘娘"。

"二十年来辨是非"，是说元春到了二十岁（大概是她入宫的年纪）时，已经很通达人情世事了。"榴花开处照宫闱"，是说石榴花所开之处使宫闱生色，喻元春被选入凤藻宫封为贤德妃。"二十年"，大约是说元春懂事以来的年龄。她从贵族之家到宫廷，政治上的是非兴衰见得多了。石榴花开在宫廷里，喻元春的荣耀。为了她归家省亲，竟然修造一座规模宏丽的皇家式的大观园，再看她元宵节归省时轰轰烈烈的盛大场面，简直无与伦比了。由此看来，迎春、探春、惜春三姊妹的命运是无法与元春相比的，所以说"三春争及初春景"。可是元春的结局也不妙，"虎兔相逢大梦归"，第四句就说她在寅卯年之交就要一命呜呼！前三句极力渲染元春的荣耀，突然一句跌落下来，让人惊出一身冷汗。元春一死，贾府的靠山倒了，这个荣华经历百载的贵族之家迅速土崩瓦解。

元春虽然在书中出现的场景不多，但她的存在是与贾府这个大家族的兴衰紧紧相连的。

贾探春判词

才自精明①志自高，生于末世运偏消②。
清明涕泣江边望，千里东风一梦遥。

注 释

①自：本。精明：精细聪敏。
②消：衰落。

赏析

这一首判词说的是探春。

此判词前"画着两人放风筝，一片大海，一只大船，船中有一女子掩面涕泣"。两人放风筝，象征着双亲出嫁女儿，使她像风筝一样，远离故土；掩面涕泣的女子坐着大船，驶去海疆。这是指探春远嫁一事。诗中"清明涕送江边望"句，更具体地描绘了探春于清明之日出嫁，家人在江边含涕相送，眺望风帆驶去的情景。从此，探春只能借着千里东风在梦里与家人遥遥相见了。

诗中第一句"才自精明志自高"，是对探春其人的高度概括。探春当家，"兴利除弊"一节，是她有才有能的集中体现。对于赵姨娘的过分要求，她不管赵姨娘是自己的生身母亲，竟严词拒绝，并不弄权徇私。她除弊时，"擒贼必先擒王"，正如凤姐所说，"她如今要作法开端，一定先拿我开端"，果然，她做的一切，使这个平日随意作践赵姨娘的王熙凤，也"畏他五分"。她还接受薛宝钗的建议，"小惠全大体"，在将大观园里的花木鱼虫承包到人时，让老妈妈们每年有所"小补"。这些，都表明她既精明，也志高，要"立出一番事业来"。

探春持己甚严，也不容别人侵犯。她在抄检大观园时的表现，是令人既敬又畏的。她秉烛而待，对抄检者冷笑道："我们的丫头自然都是些贼，我就是头一个窝主！既如此，先来搜我的箱柜，她们所偷了来的，都交给我藏着呢。"说着便命丫鬟们把箱子一齐打开，请凤姐去抄阅。又说："我的东西倒许你们搜阅。要想搜我的丫头，这却不能！……你们不依，只管去回太太，只说我违背了太太，该怎么处治，我去自领。"并且颇有预见地说："你们别忙，自然连你们抄的日子有呢！……这样大族人家，若从外头杀来，一时是杀不死的，……必须先从家里自杀自灭起来，才能一败涂地呢！"（第七十四回）故她被称为既鲜艳又有刺的"玫瑰花"。

可是，这位有志有才、不让须眉的女子，偏偏生在"末世"，又偏偏是世俗看不起的庶出——这就是她"运消"的社会原因。她出嫁番邦，远离亲人，在作者的安排中，也是"运消"的一种体现。

史湘云判词

富贵又何为？襁褓之间父母违。

展眼吊斜晖，湘江水逝楚云飞。

注释

①襁褓（qiǎng bǎo）：喻儿童时期。襁，背负小儿用的背带；褓，背负小儿用的布兜或裹覆的小被。
②违：离开。《论语·里仁》："君子无终食之间违仁。"这里的"父母违"，指父母双亡。

赏析

这一首判词说的是史湘云。

判词前"画几缕飞云，一湾逝水"。"飞云"照应词中的"斜晖"，隐"云"字，"逝水"照应词中的"湘江"，隐"湘"字。

湘云是保龄侯尚书令史家的姑娘，即史太君的侄孙女。她生下不久，就失去父母慈爱，成为孤儿，在叔婶跟前长大。她到大观园来，是她最高兴的时刻，这时她大说大笑，又活泼，又调皮；可是一到不得不回家时，情绪就顿时冷落下来，一再嘱咐宝玉提醒贾母常去接她，凄凄惶惶地洒泪而去，可见她在家时日子过得很不痛快。这样一个健美开朗的女儿，结局如何呢？"展眼吊斜辉"，就是说她婚后的生活犹如美丽的晚霞转瞬即逝。"水逝云飞"，可能是预示她早死或早寡，或者命运寒涩。"因麒麟伏白首双星"一回，写她捡到宝玉丢的一只金麒麟，同她原有的金麒麟恰好配成一对。从回目"双星"的字样看，这肯定是对她未来婚姻生活的暗示。那么她的

配偶是谁？是宝玉吗？似乎是，其实又不是。有些研究者根据"庚辰本"脂批："后数十回若兰在射圃所佩之麒麟正此麒麟也"，推断她可能同一个叫卫若兰的人结婚（第十四回秦可卿出丧时送葬的队伍里出现过一次"卫若兰"的名字）。或许后来宝玉把那只金麒麟再赠给卫若兰（犹如把袭人的汗巾赠给蒋玉菡一样），也未可知。因曹雪芹的书的全貌已不可窥，上述也只是推测罢了。

有一则清人笔记上说，有续书写贾家势败后，宝玉几经沦落，最后同史湘云结婚。这可能就是从"因麒麟伏白首双星"推衍出来的，聊备谈资。

妙玉判词

欲洁何曾洁①，云空未必空②。
可怜金玉质③，终陷淖泥中④。

注 释

①洁：既是清洁，又是佛教所标榜的净。佛教宣扬杀生食肉、婚嫁生育等都是不洁净的行为，人心也是不洁净的，在世界上很少真正有一块洁净的地方，唯有菩萨居处才算"净土"，所以佛教又称净教。

②空：佛教要人看破红尘领悟万境归空的道理，有所谓"色不离空，空不离色；色即是空，空即是色"（《大般若经》）等言论。皈依佛教，又叫空门。

③金玉质：喻妙玉的身份。贾家仆人说她："祖上也是读书仕宦之家……文墨也极通，经典也极熟，模样又极好。"（十七回）

④淖：烂泥。题咏后两句与册子中所画是同一意思，指流落风尘，并非续书所写的被强人用迷魂香闷倒奸污后劫持而去，途中又不遭杀。根据后来在南京发现的靖氏藏本《石头记》脂批中的新材料来看，妙玉大概随着贾府的败落，也被迫结束了她那种带发修行的依附生活，而换来流落"瓜洲渡口……红颜固不能不屈从枯骨"的悲剧结局。

赏 析

这一首判词说的是妙玉。

判词前画着"一块美玉，落在泥垢之中"，"美玉"就是"妙玉"，

"泥垢"与判词中的"淖泥"都是比喻不洁之地。

　　妙玉出身于苏州一个"读书仕宦之家"，因自小多病才出家当了尼姑。"金玉质"便是说她"文墨也极通"，"模样又极好"说明她也是大观园中的一位佼佼者。说她"洁"，包括两层含义：一是因她嫌世俗社会纷纷扰扰不清净才遁入空门；二是说她有"洁癖"，刘姥姥在她那里喝过一次茶，她竟要把刘姥姥用过的一只名贵的成窑杯子扔掉。她想一尘不染，但那个社会不会给她准备那样的条件，命运偏要将她安排到最不洁净的地方去。按规矩，出家就要"六根净除"，可她偏要"带发修行"，似乎还留一手，这是她尘心未断的一个根据。第六十三回写宝玉过生日时，妙玉特意送来一张拜帖，上写："槛外人妙玉恭肃遥叩芳辰。"一个妙龄尼姑给一个贵公子拜寿，这在当时是十分荒唐的，似乎透露出她不自觉地对宝玉萌生了一种爱慕之意。所以，作者说"云空未必空"，即是指她虽遁入空门，却六根未净，尘缘未了。

　　作者写这些细节，并不是要对她进行谴责，而是充满了怜惜之情。一个才貌齐备的少女，冷清清地躲在庙里过着那种孤寂的生活，该是多么残酷！她的最后结局如何呢？有一条脂批说："瓜洲渡口……红颜固不能不屈从枯骨。"推测起来，她可能在荣府败落后流落到瓜洲，被某个老朽不堪的富翁买去做妾。这也许是作者说她"终陷淖泥中"的真正含义。高鹗续书写她被强盗掠去最终被杀，确有不妥之处。

贾迎春判词

子系中山狼[①]，得志便猖狂。
金闺花柳质[②]，一载赴黄粱[③]。

注 释

①子系中山狼："子"，对男子表示尊重的通称。"系"，是。"子""系"合而成"孙"，隐指迎春的丈夫孙绍祖。语出无名氏《中山狼传》。这是一篇寓言，说的是赵简子在中山打猎，一头狼将被杀时遇到东郭先生救了它。危险过去后，它反而想吃掉东郭先生。所以，后来把忘恩负义的人叫作中山狼。这里，用来刻画"应酬权变"而又野蛮毒辣的孙绍祖。他家曾巴结过贾府，受到过贾府的好处，后来家资饶富，孙绍祖在京袭了职，又于兵部候缺提升，便猖狂得意，胡作非为，反咬一口，虐待迎春。

②花柳质：喻迎春娇弱，禁不起摧残。

③一载：一年，指嫁到孙家的时间。赴黄粱：与元春册子中"大梦归"一样，是死去的意思。黄粱梦，出于唐代沈既济传奇《枕中记》。故事讲述卢生睡在一个神奇的枕上，梦见自己荣华富贵一生，年过八十而死，但是，醒来时锅里的黄粱米饭还没有熟。

赏 析

这一首判词说的是贾迎春。

判词前"画着个恶狼，追扑一美女，欲啖之意"。这是暗示迎春要落在一个恶人手里被毁掉。

贾府的二小姐迎春和同为庶出却精明能干的探春相反，老实无能，懦弱怕事，所以有"二木头"的浑名。她不但作诗猜谜不如姊妹们，在为人处世上也只知退让，任人欺侮，对周围发生的矛盾纠纷采取一概不闻不问的态度。她的攒珠累丝金凤首饰被人拿去赌钱，她不追究，别人要替她追回，她说"宁可没有了，又何必生事"；事情闹起来了，她不管，却拿一本《太上感应篇》自己去看。抄检大观园时，司棋被逐，迎春虽然感到"数年之情难舍"，掉了眼泪，但司棋求她去说情，她却"连一句话也没有"。如此怯懦的人，最后终不免悲惨的结局，这在当时的社会环境，实在是有其必然性的。

看起来，迎春像是被"中山狼，无情兽"吃掉的，但其实，吞噬她的是整个封建宗法制度。她从小死了娘，她父亲贾赦和邢夫人对她毫不怜惜，贾赦欠了孙家五千两银子，将她嫁给孙家，实际上等于拿她抵债。

当初，虽有人劝阻这门亲事，但"大老爷执意不听"。谁也没有办法，因为儿女的婚事决定于父母。后来，迎春回家哭诉她在孙家所受到的虐待，尽管大家十分伤感，也无可奈何，因为嫁出去的女儿就是属于夫家的人了，所以只好忍心把她再送回狼窝里去了。迎春一年之内就被折磨死了。真是"子系中山狼，得志便猖狂"，用来刻画"应酬权变"而又野蛮毒辣的孙绍祖，真是再贴切不过。

生性懦弱的迎春自觉貌不惊人，才不压众，又不会惹人怜爱，讨人欢心，甚至让下人欺负了也不敢反抗，终于做了封建社会包办婚姻的牺牲品。

贾惜春判词

勘破①三春景不长，缁衣②顿改昔年妆。
可怜绣户③侯门女，独卧青灯④古佛旁。

注释

①勘破：看破了，看透了。勘，仔细审查。元曲《赵氏孤儿》："你当初屈勘公孙老，今日犹存赵氏孤，再休想咱容恕。"破，语气助词。
②缁（zī）衣：黑衣；僧人的黑色服装。
③绣户：妇女居住的华丽房间。
④青灯：过去在寺庙里，灯罩是用布做的，因颜色呈青色，所以叫青灯。

赏析

这一首判词说的是贾惜春。

判词前面的是"一所古庙，里面有一美人在内看经独坐"，喻惜春出家当尼姑。

惜春是宁国府贾敬的女儿，贾珍的胞妹。她是贾家四位千金中最小的一个，从小就厌恶世俗，向往当尼姑，小时爱和馒头庵的小尼姑智能

玩儿，后来又和妙玉成了朋友。惜春眼看着当了娘娘的大姐元春短命夭亡，二姐迎春出嫁不久被折磨死，三姐探春远嫁异国他乡音信渺茫，都没有好遭遇，所以才"看破红尘"毅然出家的。

贾惜春"勘破三春"，披缁为尼，这并不表明她在大观园的姊妹中见识最高、最能悟彻人生的真谛。恰恰相反，作者在小说中非常深刻地对惜春做了解剖，让我们看到她所以选择这条生活道路的主客观原因。客观上，她在贾氏姊妹中年龄最小，当她逐渐懂事的时候，周围所接触到的多是贾府已趋衰败的景象。四大家族的没落命运，三个姐姐的不幸结局，使她为自己的未来担忧，现实的一切对她失去了吸引力，她便产生了弃世的念头。主观上，则是由环境塑造成的她那种毫不关心他人的孤僻冷漠性格，这是典型的利己主义世界观的表现。人家说她是"心冷嘴冷的人"，她自己的处世哲学就是"我只能保住自己就够了"。抄检大观园时，她咬定牙，撵走毫无过错的丫鬟入画，而对别人的流泪哀伤无动于衷，就是她麻木不仁的典型性格的表现。所以，当贾府一败涂地的时候，入庵为尼便是她逃避统治阶级内部倾轧保全自己的必然道路。对于皈依宗教的人物的精神面貌做如此现实的描绘，而绝不在她们头上添加神秘的灵光圈，这实际上已成了对宗教的批判，因为，曹雪芹用他的艺术手腕"摘去了装饰在锁链上的那些虚幻的花朵"。同样，曹雪芹也没有按照佛家理论，把惜春的皈依佛门看作登上了普济众生的慈航仙舟，从此能获得光明和解脱，而是按照现实与生活的逻辑来描写她的归宿。"可怜绣户侯门女，独卧青灯古佛旁。"在原稿中，她所过的"缁衣乞食"的生活，境况也要比续书所写的悲惨得多。

王熙凤判词

凡鸟偏从末世来^①，都知爱慕此生才。
一从二令三人木^②，哭向金陵事更哀。

注释

①凡鸟：合起来是繁体的"鳳"字，点凤姐其名。
②人木：即"休"字，休弃。此句按原著意为：凤姐后来被贾琏所休弃，只好回到金陵的娘家。

赏析

　　这一首判词说的是王熙凤。

　　判词前画的是"一片冰山，上面一只雌凤"，喻贾家的势力不过是座冰山，太阳一出就要消融。"雌凤"（指王熙凤）立在冰山上，当然极为危险。

　　"凡鸟"即指王熙凤。《世说新语·简傲》中说：晋代，吕安有一次访问嵇康，嵇康不在家，他哥哥请客人到屋里坐，吕安不入，在门上写了一个"凤"字去了。嵇康的哥哥很高兴，以为客人说他是神鸟，其实吕安嘲笑他是凡鸟。这里反过来就"凡鸟"说"凤"，只是为了隐曲一些。王熙凤是"护官符"中所说的"龙王来请金陵王"的王家的小姐，嫁给荣府贾琏为妻。她的姑母是贾政的妻子，即宝玉之母王夫人。书中说金陵四大家族"皆连络有亲"，即指此类。

　　王熙凤掌荣府管家大权的时候，已是这个家族走下坡路的时期了。准备迎接元妃省亲时，凤姐慨叹："可恨我小几岁年纪，若早生二三十年，如今这些老人家也不薄我没见世面了。"可见书中写的富贵生活较之其家族鼎盛时期还差得远，接着又趋向衰亡，所以说她"偏从末世来"。

　　王熙凤实际上是荣国府日常生活的轴心。她姿容美丽，秉性聪明，口齿伶俐，精明干练，秦可卿托梦时说她："你是脂粉队里的英雄，连那

些束带顶冠的男子也不能过你。"秦可卿出丧时，她协理宁国府，就是在读者眼前进行了一次典型表演。从千头万绪的混乱状态中，她一下子就找到关键所在，然后杀伐决断，三下五除二，就把宁国府里里外外整顿得井井有条。如果她是男人，可以在封建时代当个政治家，所以众人才"都知爱慕此生才"。

然而，王熙凤心性歹毒，为了满足无止境的贪欲，克扣月银，放高利贷，接受巨额贿赂，为此可以杀人不眨眼，什么缺德的事全干得出来，是个吃人不吐骨头的女魔王。"一从二令三人木"，脂批说"拆字法"，意思是把要说的字拆开来，但如何拆法没有说。吴恩裕先生《有关曹雪芹十种·考稗小记》中说："凤姐对贾琏最初是言听计'从'，继而对贾琏可以发号施'令'，最后事败终不免于'休'之。"

她的才能和她的罪恶像水和面糅在了一起。因此当贾家败落时，第一个倒霉的就是她，"哭向金陵事更哀"，即预示着她将来会凄惨地结束其短暂的一生。王熙凤的命运其实就是当时封建社会即将衰亡的缩影。

巧姐判词

势败休①云贵，家亡莫论亲。
偶因济②村妇，巧得遇恩人。

注 释

①休：不要。
②济：周济。

赏析

这一首判词说的是王熙凤的女儿巧姐。

判词前面的是"一座荒村野店，有一美人在那里纺绩"。这是暗示巧姐的最后结局是做一名勤苦操劳、艰辛度日的农妇。

"势败休云贵,家亡莫论亲",是说贾府后来是"一败涂地""子孙流散"的,所以说"势败""家亡"。那时,任你出身显贵也无济于事,骨肉亲人也翻脸不认——这应当是指被她的"狠舅奸兄"卖于烟花巷。此句正是对上层社会人情冷暖、世态炎凉的慨叹。

"偶因济村妇,巧得遇恩人",是说原先刘姥姥进荣国府告艰难,王熙凤给了她二十两银子。后来贾家败落,巧姐遭难,幸亏有刘姥姥相救,所以说她是巧姐的恩人。倒是刘姥姥这个穷老太婆,受人滴水之恩,常思涌泉以报,使人感到人性善良的一面。

巧姐是王熙凤的独生女。判词前的画面暗示她将嫁给一个庄稼汉,成为做饭纺织的农村妇女。从锦衣玉食的公府千金,沦为喂猪打狗的农妇,这是多么大的变化!在作者看来,这也是命运的戏弄。有人根据甄士隐《好了歌解注》里"择膏粱,谁承望流落在烟花巷"一句的提示,推测巧姐要被卖到妓院为娼,后被刘姥姥救出,同刘姥姥的外孙板儿结为夫妇。这个推测从书中可以找到根据。第四十一回写巧姐和板儿交换柚子和佛手的情节,很可能是预示他们未来的关系。板儿是农家孩子,将来是农民无疑,嫁给他才能纺线织布。高鹗续书写贾环、贾芸、王仁等人设圈套要把巧姐卖给一个外藩的郡王做妾,刘姥姥偷着把巧姐接到乡下,由她做媒把巧姐嫁给一个大地主的儿子(并且是个秀才),和作者的原意就有相当距离了。

李纨判词

桃李春风结子完[1],到头谁似一盆兰[2]。
如冰水好空相妒,枉与他人作笑谈。

赏析

这一首判词说的是李纨，连带也说了贾兰。

判词前"画着一盆茂兰，旁有一位凤冠霞帔的美人"。茂兰，指贾兰，说他要有出息，当大官。守着他的美人当然是其母亲。

"桃李春风结子完"，喻说李纨早寡，她刚生下贾兰不久，丈夫贾珠就死了，所以她短暂的婚姻生活就像春风中的桃李花一样，一旦结了果实，景色也就完了。句中还暗藏她的姓名，"桃李"藏"李"字，"完"与"纨"谐音。

"到头谁似一盆兰"，喻指贾兰。贾府子孙后来都不行了，只有贾兰"爵禄高登"，做母亲的也因此显贵。

"如冰水好空相妒，枉与他人作笑谈"，这两句意思是说，李纨死守封建节操，冰清玉洁，但是不值得羡慕。像她这样早年守寡，为儿子操心一辈子，待儿子荣达、自以为可享晚福的时候，却已"昏惨惨，黄泉路近"，结果只是白白地做了人家谈笑的材料。

李纨是宝玉的亲嫂子，她与贾珠婚后生了贾兰，不久丈夫就死了。李纨的为人与其妯娌王熙凤正好相反。王熙凤像一团烈火，她像一堆死灰；王熙凤像一把利刃，她像一块面团；王熙凤贪求无度，她与世无争。在大观园诸女性中，她是最默默无闻的一个，她不注意别人，别人也不注意她。贾家没落后，贾兰靠读书求取功名，"头戴簪缨"，"胸悬金印"，当了一个大官；李纨因此受诰封，"戴珠冠，披凤袄"，荣耀一番。可是在作者看来，这已没有意义了，因为她不久就死了，所以这一切终究还是虚幻。年轻守寡，晚年母以子贵，也不过供世人谈笑罢了。

李纨一辈子恪守妇道，育儿教子，从无怨言，并且为人公道，持重守礼，可以说是曹雪芹精心设计的一个最为典型的封建妇女形象。

秦可卿判词

情天情海幻^①情身，情既相逢必主淫。
漫言^②不肖皆荣出，造衅^③开端实在宁。

注释

①幻：幻化。
②漫言：别说。
③造衅：惹起事端。

赏析

这一首判词说的是秦可卿。

判词前"画着高楼大厦，有一美人悬梁自缢"，这是暗示秦可卿的死是自杀。

诗的前两句作者借幻境说人世间风月情多，讳言秦可卿引诱宝玉淫乱，假托梦魂仙游，说这是两个"多情种"碰在一起的结果。"情天情海"是为了揭露封建大家族的黑暗所用的托词。前文提到太虚幻境宫门上有"孽海情天"的匾额，意思就是借幻境说人世间风月情多。"幻情身"的意思是幻化出一个象征着风月之情的女子身。这暗示警幻仙姑称为"吾妹""乳名兼美，表字可卿"的那位仙姬，就是秦可卿所幻化的形象。

诗的后两句意思是不要说不肖子孙都出于荣国府（指宝玉），其实坏事的开端还是在宁国府。意思是引诱宝玉的秦可卿的堕落是从她和她公公暧昧关系开始的，而这首先要由贾珍等负责。

据据脂批，作者在初稿中曾以《秦可卿淫丧天香楼》为回目，写贾珍与其儿媳妇秦氏私通，内有"遗簪""更衣"诸情节。丑事败露后，秦氏羞愤难当，自缢于天香楼。作者的长辈、批书人之一的畸笏叟出于维护封建大家族利益的立场，命作者删去这一情节，为秦氏隐恶。这样，原稿就做了修改，删去天香楼一节部分内容，就成了我们

现在所见的这样。但有些地方作者故意留下了痕迹，如画中"美人悬梁自缢"就是最为明显之处。

秦可卿本是从养生堂抱来的孤女，娘家又是"寒儒薄宦"，那她是如何在权势遮天的宁、荣二府中独得擅宠呢？据此，许多红学家认为，秦可卿才是打开"红楼"的钥匙，破解了她身上的隐秘，便能得到整部《红楼梦》真正的思想奥秘。

《红楼梦》引子

开辟鸿蒙①，谁为情种？都只为风月②情浓。趁着这奈何天，伤怀日，寂寥时，试遣③愚衷④。因此上，演出这怀金悼玉⑤的《红楼梦》。

注 释

①开辟鸿蒙：开天辟地。鸿蒙，指宇宙形成前的混沌状态。
②风月：指男女情爱。
③遣：发泄，抒发。
④愚衷：我的情怀、衷曲。愚，"我"的自谦词。
⑤怀金悼玉：怀念、哀悼命运不幸的金陵十二钗。"金"指薛宝钗，"玉"指林黛玉（一说贾宝玉）。

赏 析

警幻道："此曲不比尘世中所填传奇之曲，必有生旦净末之则，又有南北九宫之限。此或咏叹一人，或感怀一事，偶成一曲，即可谱入管弦。若非个中人，不知其中之妙。料尔亦未必深明此调。若不先阅其稿，后听其曲，反成嚼蜡矣。"说毕，回头命小鬟取了《红楼梦》原稿来，递与宝玉。曲子是太虚幻境后宫十二个舞女奉警幻之命"轻敲檀板，款按银筝"唱给宝玉听的。宝玉拿着《红楼梦》原稿，"一面目视其文，一面耳聆其歌"，但听了以后仍不知道它说些什么。

《红楼梦曲》十二支，加上前面的引子和后面的尾声，共十四支曲子。中间十二曲分咏金陵十二钗，暗寓各人的身世结局和对她们的评论。这些曲子同《金陵十二钗图册判词》一样，为了解人物历史、情节发展以及四大家族的彻底覆灭提供了重要线索。

《红楼梦》的第四回，被安排得仿佛是一个插曲，而在第五回中则通过警幻的册籍和曲子点出《金陵十二钗》和《红楼梦》两个书名，暗寓众多人物的命运身世。书中常常强调一个"情"字，借这种手法造成此书"非伤时骂世之旨""毫不干涉时世"，只为"闺阁昭传""大旨不过谈情"的假象。这正如脂砚斋在小说楔子的批语中所说的"足见作者之笔狡猾之甚"。脂批还批出，"作者用画家烟云模糊处"是不少的，他提醒"观者万不可被作者瞒蔽了去，方是巨眼"。我们只有透过"情种""风月情浓"之类"烟云模糊处"，于假中见真，知道人物的身世命运都必然受他们所生活的那个社会制约，从中看出这个社会必然灭亡的历史命运，才能正确理解这部伟大小说的价值。

"开辟鸿蒙，谁为情种"，曲子一开头就对男女情爱发出慨叹，这同第一回里说的"大旨谈情"是一致的，但我们不能据此就把《红楼梦》视为一部言情小说。如果仅仅是写爱情故事，作者为什么又有"谁解其中味"的担心？作者"趁着这奈何天，伤怀日，寂寥时，试遣愚衷"，并不仅仅是为了"演出这怀金悼玉的《红楼梦》"。这首曲和以下诸曲中，都隐含着一种对命运不可知的咏叹，说明作者有更为深广的寓意。

当然，《红楼梦》的内容是复杂的，主题也是多层次的，其中之一就是表现了作者的妇女观。作者认为，妇女的天资、才干等任何一方面都不让须眉，只是那个社会把她们的聪明才智压抑埋没了。比如对宝钗、凤姐一类人物，作者在揭露、讽刺、鞭挞的同时，又在某种程度上欣赏其学识，爱慕其才干，惋惜其迷惑，怜悯其不幸。他在无情地揭露和控诉这个罪恶的封建大家庭的同时，又流着辛酸的眼泪对此表示深深的同情。特别是随着封建家族的衰落，众多无辜女子随之一齐毁灭，这也是作者所万分痛惜的。从这个意义上来看，可以说《红楼梦》也是对女性的颂歌和挽歌。

终身误

　　都道是金玉良姻①，俺只念木石前盟②。空对着，山中高士晶莹雪③，终不忘，世外仙姝寂寞林④。叹人间，美中不足今方信，纵然是齐眉举案⑤，到底意难平。

注释

①金玉良姻：符合封建秩序和封建家族利益的所谓美满婚姻。此处特指宝玉与宝钗的婚姻。

②木石前盟："金玉良缘"的对立面。指贾宝玉和林黛玉建立在共同反抗封建礼教基础上的爱情。

③雪："薛"的谐音，指薛宝钗，兼喻其冷。

④世外仙姝：指林黛玉本为绛珠仙子，这里暗寓其死，亦即所谓"已登仙籍"。姝(shū)：美女。林：指林黛玉。

⑤齐眉举案：又作"举案齐眉"，原指送饭时把托盘举得跟眉毛一样高，后形容夫妻互相尊敬、十分恩爱。案：有足的小食盘。《后汉书·梁鸿传》：梁鸿家贫，但妻子孟光对他十分恭顺，每次送饭给他时都把食盘举得同眉毛一样高。后以"举案齐眉"为封建妇道的楷模。

赏析

　　象征着封建婚姻的"金玉良姻"和象征着自由恋爱的"木石前盟"，在小说中都被画上了癞僧的神符，载入了警幻的仙册。这样，宝、黛的悲剧，贾、薛的结合，便都成了早已被注定的命运。这一方面固然有作者悲观的宿命论思想的流露，另一方面也曲折地反映了这样的事实：在宗法社会中，要违背封建秩序、封建家族的利益，去寻求一种建立在共同理想、志趣基础上的自由爱情，是极其困难的。因此，眼泪还债的悲剧也像金玉相配的"喜事"那样有它的必然性。

　　然而，压迫可以强制人处于他本来不愿意处的地位，可以使软弱的抗争归于失败，但不可能消除已经觉悟到现实环境不合理的人的更加强烈的反叛。没有爱情的"金玉良姻"，无法消除贾宝玉心灵上的巨大创痛、使他忘却精神上的真正伴侣，也无法调和他与宝钗之间两种思想性格的本质冲突。"纵然是齐眉举案，到底意难平。"结果终致一个万念俱灰，弃家为僧；一个空闺独守，抱恨终身。所谓"金玉良姻"，实际是"金玉成空"。

枉凝眉

一个是阆苑仙葩①，一个是美玉无瑕②。若说没奇缘，今生偏又遇着他；若说有奇缘，如何心事终虚化？一个枉自嗟呀③，一个空劳牵挂；一个是水中月，一个是镜中花④。想眼中能有多少泪珠儿？怎经得秋流到冬尽，春流到夏。

注释

①阆（làng）苑仙葩：神仙园林里的仙花，指林黛玉。
②美玉无瑕：指贾宝玉。瑕，玉上面的斑点。
③嗟呀：叹息。
④水中月、镜中花：都是虚幻的景象，是说宝、黛的爱情理想虽然美好，最终如镜花水月一样不能成为现实。

赏析

这是专门咏叹宝玉和黛玉的一首曲。

《枉凝眉》，意思是白白地皱眉头，命运就这样无情，追悔、痛苦、叹息、遗憾，全都无用。

那一僧一道对顽石说的"美中不足，好事多魔"，是大有深意的，宝黛爱情的幻灭就是一个注脚。一个是绝色佳人，一个是翩翩少年；一个聪明绝顶，一个博学多才；一个无意于功名利禄，一个从不说"仕途经济"的混账话；她整天为他哭泣叹息，他整天为她牵肠挂肚；她心里只有他，他心里只有她——这不正是天造地设的一对吗？然而在荣国府那样的牢笼里，他们的爱情始终被压抑着。张生还可跳过粉墙去同莺莺幽会，杜丽娘还可在梦里同柳梦梅结成夫妻，宝玉和黛玉最终连这点幸运也没有。封建道德观念在贵族之家就是天条，窒息了人的一切天性。"父母之命，媒妁之言"，以及贾家的败落最终隔断了他们的缘分。黛玉这个多愁善感的女孩子，像一枝柔嫩的小草在"风刀霜剑"凌逼之下枯槁了。她和宝玉的恋爱过程，始终伴随着痛苦和烦恼，最终还是一场虚幻，"命运"把他们大大地捉弄了一场。

恨无常

喜荣华正好①，恨无常又到②。眼睁睁把万事全抛③，荡悠悠，把芳魂消耗④。望家乡，路远山高⑤。故向爹娘梦里相寻告⑥：儿命已入黄泉⑦，天伦⑧呵，须要退步抽身⑨早！

注 释

①喜荣华正好：指贾元春入宫为妃，显赫一时，贾府因此成为皇亲国戚。
②恨无常又到：指贾元春忽然夭亡。恨：遗憾，叹恨。无常：是佛家语言，原指人世一切即生即灭、变化无常，后俗化为勾命鬼。
③把万事全抛：抛下世间俗务，指死去。
④芳魂消耗：指元春的鬼魂忧伤憔悴。庚辰本、北师大本为"荡悠悠，把芳魂消耗"。
⑤望家乡，路远山高：甲戌本为"望家乡，路远山遥"。
⑥故：特意地。寻告：劝告，嘱咐。
⑦黄泉：阴曹地府。
⑧天伦：古代用作父子、兄弟等亲属的代称，这里是父母的意思。此处指贾政。
⑨退步抽身：从名利场中退出来。

赏析

这首曲子以贾元春鬼魂口吻，写贾元春死后，托梦给贾政夫妇，劝告他们从仕途官场抽身，以挽救贾府的败落。

《恨无常》套用白居易《长恨歌》的形式，采用渲染手法，烘托出一幅悲惨的画面。无常，是佛教哲学的一个概念，说世上一切事物都一无例外地由存在到毁灭，没有永恒存在的东西，人的生命也是如此。后来又编造出勾取人的魂魄的鬼，叫无常。

从这首曲子的内容看，元妃死时可能要给其父母托梦，但现在高鹗的续书无此情节。第十三回写秦可卿死时托梦给凤姐说："我们家赫赫扬扬，已将百载，一日倘或乐极悲生，若应了那句'树倒猢狲散'的俗话，岂不虚称了一世诗书旧族了！"并嘱咐"将祖茔附近多置田庄房舍地亩"，"将家塾亦设于此"。因为这些东西即使犯罪抄家，也不没收入官。"便败落下来，子孙回家读书务农，也有个退步。"如果元春托梦，可能也就是这类内容。

元春当了皇帝的妃子，贾家成了皇亲国戚，这是封建社会人们做梦都不敢希冀的荣耀。可是在作者看来，这也丝毫没有意义。正当你享受荣华的兴头上，突然"死"降临了，不管你愿意还是不愿意，都得把生前贪恋的一切全都抛掉。"无常"一到，"哪怕你铜墙铁壁，哪怕你皇亲国戚"（鲁迅：《朝花夕拾·无常》），全都不留情面，一概玩完。元春到死才明白，富贵和权势是靠不住的，在梦里劝告父母及早从强争苦夺的名利场里抽身，免得登高跌重，将来后悔。也就是智通寺对联说的"身后有余忘缩手"的反意，别忘缩手。

分骨肉①

一帆风雨路三千，把骨肉家园齐来抛闪②。恐哭损残年，告爹娘③：休把儿悬念。自古穷通④皆有定，离合岂无缘！从今分两地，各自保平安。奴⑤去也，莫牵连⑥。

注 释

①分骨肉：其意是骨肉分离，与亲人远离。
②"一帆"二句：指贾探春远嫁。抛闪：抛弃、撇开。闪：撒。
③爹娘：指贾政、王夫人。贾探春是庶出，为贾政的小老婆赵姨娘所生，但她不承认自己的生身母亲："我只管认得老爷太太两个人，别人我一概不管。"（《红楼梦》二十七回）
④穷通：穷困和显达。
⑤奴：古代妇女自称。
⑥牵连：心里牵挂惦念。

赏 析

　　这是曹雪芹用探春口吻写的曲子。诗中抒发了探春远嫁与骨肉亲人分离之悲愤。探春是贾政小老婆赵姨娘所生，属庶出，为人"才自精明志自高，生于末世运偏消"。此曲正是这两句诗的注解。

　　曹雪芹以浪漫主义的手法，将《红楼梦十二支曲》和《金陵十二钗正册判词》写在了"贾宝玉神游太虚境，警幻仙曲演红楼梦"这一回，这两组结构完整的组诗是以"金陵十二钗"形象塑造的提纲。小说这一回，主要借由警幻仙子揭露金陵十二钗的命运，其中分骨肉这支曲子是揭露贾探春命运的。

　　"一帆"两句，是说探春在风雨之中，远嫁海外，与骨肉亲人分离。风雨，不仅指自然界的现象，而且指探春远嫁时的政治背景，那就是贾府贵族家庭的分崩离析，探春的理家失败。她的出嫁不是在笙歌笑语中出门，而是冒"雨"顶"风"而去，因而情绪悲凉，调子低沉。这就为全曲定下了悲愁的调子。"恐哭"三句是说，远嫁海外是很悲惨的，但又不敢痛哭，害怕有损年迈双亲的躯体，于是，只能告慰爹娘别把女儿挂念。这三句，有强作欢颜之意，也反映出探春矛盾痛苦的心情。"自古"四句，是告慰爹娘的具体内容。远嫁有如生离死别的悲惨，这对于出身名门贵族贾府的探春来说，只能用命运来解释。人生穷富离合均命中注定；分别远离请各自多保重。最后两句，是告别时的言词。这两句，是离别语词的反复咏唱。但"奴去也"一声，却加重了分别时悲惨的情调。

　　探春虽属庶出，但却是封建贵族贾府中仅次于王熙凤的理家能手，被认为是"末世英才"。她是一朵带刺的玫瑰花，曾为整治贾府内的上尊下卑，为保贾家的显赫地位而出谋划策，是小说作者曹雪芹塑造的企图"补天"的"英才"。结果是探春"补天"的企望落空，而且远嫁海外，成了生离即死别。作者对探春寄予了过多的同情，使全曲充满了凄凄戚戚的情调。封建社会发展到了末世，必然走向灭亡，这是历史发展的必然，再多几个探春，也不能"挽狂澜于既倒"。曹雪芹对探春的过多同情，正好反映了他的阶级的局限性，而他用"自古穷通皆有定，离合岂无缘"去解释探春的结局，也说明了作者世界观中存在着宿命论的消极因素。

乐中悲

　　襁褓中，父母叹双亡。纵居那绮罗丛①，谁知娇养？幸生来，英豪阔大宽宏量，从未将儿女私情略萦心上。好一似，霁月光风②耀玉堂，厮配得才貌仙郎③，博得个地久天长，准折得幼儿时坎坷形状④。终久是云散高唐，水涸湘江⑤。这是尘寰中消长数应当⑥，何必枉悲伤！

注 释

①绮罗丛：指富贵家庭的生活环境。绮（qǐ）罗：丝绸织物。
②霁月光风：雨过天晴时的明净景象，这里是比喻史湘云胸怀开朗。
③厮：终，才。配：婚配。才貌仙郎：可能指卫若兰。据脂砚斋评注，史湘云后来与一个贵族公子卫若兰（曾出现于十四回）结婚。八十回以后的曹雪芹佚稿中还有卫若兰射圃的情节。
④折得：抵销得。坎坷：道路不平的样子，引申为人生道路上曲折多难。这里指史湘云幼年丧失父母寄养于叔婶的不幸。
⑤此两句中藏有"湘云"二字，又说"云散""水涸"，喻湘云早寡。
⑥尘寰：尘世，人世间。消长：消失和增长，犹言盛衰。数：命数，气数。

赏析

这首曲子是说史湘云的。曲名"乐中悲"，是说荣华富贵中潜伏着危机，欢乐中潜藏着悲哀，预示湘云的婚姻虽然美满但不能长久。

在史湘云身上，除她特有的个性外，我们还可以看到在封建时代被赞扬的某些文人豪放不羁的特点。湘云是大观园女孩中性格最活泼的一个，她最大的特点就是"英豪阔大宽宏量"，从无小儿女那种扭捏之态。第二十一回写她睡觉："一把青丝拖于枕畔，被只齐胸，一弯雪白的膀子撂于被外"，睡觉也带有男孩儿之态。宝钗过生日唱戏，凤姐说一个小旦活像某个人。宝钗已看出来，一笑，不说；宝玉也猜着了，但不敢说；湘云脱口而出："倒像林姐姐的模样！"不经心地得罪了黛玉，引起一场有趣的小口角。芦雪庵赏雪联句时，她和宝玉等人烤鹿肉吃，黛玉笑他们是"一群花子"，她则说："你知道什么！是真名士自风流。你们都是假清高，最可厌的。我们这会子腥膻大吃大嚼，回来却是锦心绣口！"看她言谈举止何等潇洒豪放！至于喝醉酒躺在芍药花丛里睡大觉，更是一段美谈。她的诗词作得也很好，才华不在薛、林之下。

湘云和黛玉都自幼失去父母，寄人篱下，遭遇有相似之处，但个性却截然不同。黛玉多愁多病，整天哭哭啼啼；湘云却健康活泼，爱说爱笑。

史湘云的不幸遭遇主要在八十回以后。根据这个曲子和脂砚斋评注中提供的零星材料，史湘云后来和一个颇有侠气的贵族公子卫若兰结婚，婚后生活还比较美满。但好景不长，不久夫妻离散，她因而寂寞憔悴。湘云的婚姻是宝钗婚姻的陪衬：一个因金锁结缘，一个因金麒麟结缘；一个当宝二奶奶仿佛幸运，但丈夫出家，自己守寡；一个"厮配得才貌仙郎"，谁料"云散高唐，水涸湘江"，最后也是空房独守。"双星"是牵牛、织女星的别称，故七夕又称双星节。总之，"白首双星"是说湘云和卫若兰结成夫妻后，由于某种尚不知道的原因很快离散了，成了牛郎织女。这正好做了宝钗"金玉良缘"的衬托。即便如此，史湘云仍不改其豪放本色，认为"这是尘寰中消长数应当，何必枉悲伤"。

世难容①

气质美如兰，才华复比仙②。天生成孤癖人皆罕③。你道是啖肉食腥膻④，视绮罗俗厌。却不知太高人愈妒，过洁世同嫌⑤。可叹这，青灯古殿⑥人将老；辜负了，红粉朱楼春色阑⑦。到头来，依旧是风尘肮脏⑧违心愿。好一似，无瑕白玉遭泥陷⑨；又何须，王孙公子⑩叹无缘。

注释

①世难容：曲名，其意是说妙玉虽貌美质高，带发为尼，却不能为世俗所容，落得个悲惨的结局。

②复比仙：也与神仙一样。程高本"复"作"馥"，是芳香的意思。"才华"固可以花为喻，言"馥"，但与"仙"不称；今以"仙"作比，则不应用"馥"，两句不是对仗。

③罕：纳罕，诧异，惊奇。

④啖（dàn）：吃。腥膻（shān）：腥臊难闻的气味。膻：羊臊气。出家人素食，所以这样说。

⑤"太高"二句：太清高了，更会惹人嫉恨；要过分洁净，大家都看不惯。程高本改"太高"作"好高"。

⑥青灯古殿：指尼姑庵。

⑦红粉：妇女装扮用的胭脂之类的化妆品，借指女子。朱楼：即红楼，指贵族小姐的绣楼。春色阑：春光将尽。喻人青春过去。阑：尽。

⑧风尘肮脏（kǎng zǎng）：在污浊的人间挣扎。风尘，指污浊、纷扰的生活。肮脏，亦作"抗脏"，高亢刚直的样子，如李白《鲁郡尧祠送张十四游河北》诗："有如张公子，肮脏在风尘。"引申为强项挣扎的意思，与读作"āng zāng"解为龌龊之义有别。

⑨遭泥陷：喻妙玉被劫。

⑩王孙公子：一般认为指贾宝玉。

赏析

妙玉貌美质高，带发为尼，却不能为世俗所容，最终落得一个悲惨的结局。这支曲子是写妙玉身世遭遇的。

"气节"两句是说妙玉的品格像兰花那样高贵美丽又芳香，才华胜过神仙。首句暗示妙玉出身贵族家庭，因家庭破落，父母双亡，自小多病而带发修行的身世。"天生"句是说妙玉一生孤僻，又有酷爱清洁的癖好，世间难容。"你道是"二句，是说妙玉出家吃斋，视吃肉食为肮脏，把穿绮罗当作庸俗。"却不知"两句，是说妙玉品格高尚却遭妒忌，过分洁净被人嫌弃。这两句是对妙玉品格总的评价，有总结上文之意。"可叹这"两句，是说年青女子在尼姑庵虚度青春，贵族女儿的年华消耗尽，算是可悲可叹。"可叹这""辜负了"，流露出作者对妙玉带发出家为尼，虚度年华的同情。"到头来"两句，是说妙玉的悲惨结局。妙玉出家为尼，常为风尘间儿女痴情所困扰，有违出家之初衷；最后被强盗劫去。据小说介绍，妙玉出家后，与宝玉仍眉来眼去。一次在给宝玉的请帖中，落款自称"槛外人"。结句是说妙玉这样的品高貌美名门女子，却与王孙公子无缘，为强盗所虏糟蹋。

"世难容"写妙玉的身世、品格、遭遇和结局。她出身于苏州的名门贵族，因家破落，父母双亡，小时多病，带发出家为尼，居住在贾府的栊翠庵中，依附贾府这样的权贵。她自视高贵酷爱清洁，连刘姥姥喝过茶的成套杯子也要甩碎。她自视清高，称黛玉为大俗人，但她又自称为"槛外人"，与宝玉交往甚密。最后落得个"白玉陷泥潭"的结局。她出家为尼，想了却尘寰中的痴情和恩怨，成为一个高洁的人，最后却没有修成正果。她始终为儿女情所困扰，并随着贾府的没落而"白玉遭泥陷"，这是很有讽刺意味的。曹雪芹对妙玉命运的构思与安排，即活于人世间而想不吃人间烟火，有如提自己的头发离开地球一样，是不可能的。这是他坚持现实主义创作原则的缘故。这是一方面。另一方面，诗中的情调是低沉悲凉的，流露出作者对官宦小姐不幸结局的深切同情，这不能不说是作者世界观的局限。

这是一曲女性的哀歌。像一切美好的人、美好的事物不能为这个社会所容纳，必然为这个社会所摧残、所毁灭一样，妙玉是许多不幸女性中的独特的一个。曹雪芹在这支曲子里，对这个少女的身世和结局，寄予诚挚而深切的哀怜；同时，对她的气质、才华的高洁、超逸给予盛誉，从而对宗教、社会、权贵和其他恶势力进行了义愤填膺式的控诉和抗议。

全曲以对妙玉的高度赞誉发端，鲜明地表达了作者对这个不幸少女的根本态度。一个十八岁的美妙丽姝，却不得不在"青灯古殿"下葬送青春，虚掷生命，只能为之深深悲叹。然而，悲剧并没有到此而止，更不堪的悲剧正不断向她袭来。

喜冤家①

中山狼，无情兽，全不念当日的根由②。一味的，骄奢淫荡贪欢媾③。觑④着那，侯门艳质如蒲柳⑤；作践⑥的，公府千金似下流⑦。叹芳魂艳魄，一载荡悠悠⑧。

注释

①喜冤家：曲名的意思是，迎春嫁给了名门公子，这喜庆之事却变成了冤家对头。暗示迎春婚后的不幸结局。其中的"喜"，其反义为"恨"，含有对迎春婚事批判之意。

②"中山狼"三句：指迎春丈夫孙绍祖完全忘了他的祖上曾受过贾府的好处。

③贪欢媾（gòu）：指书中贾迎春哭诉"孙绍祖一味好色"，"家中所有的媳妇丫头将及淫遍"。欢媾：脂本或作"还构"，或作"顽毂"，都不成语。这里根据小说情节，从程乙本。

④觑（qù）：窥视、细看，这里就是看的意思。

⑤蒲柳：蒲和柳易生易凋，借以喻本性低贱的人。蒲：草名。东晋人顾悦与简文帝司马昱同年，而头发早白。简文帝问他为什么头发白得这么早，顾悦谦恭地说："蒲柳之姿，望秋而落；松柏之质，经霜弥茂。"这里是说孙绍祖作践贾迎春，不把她当作贵族小姐对待。

⑥作践：糟蹋。

⑦下流：下贱的人。

⑧"叹芳魂"二句：指贾迎春嫁后一年即被虐待而死。

赏析

此曲以贾迎春亡魂口吻而对孙绍祖做血泪控诉：先诉其不念当初、忘恩负义；再诉其淫荡成性，直把公府千金作践得魂散香消。这首曲子引用中山狼的典故，揭露了迎春婚姻的悲剧。全曲曲调哀怨，悲剧色彩浓郁。

"中山狼"两句，是说迎春之丈夫有如忘恩负义、不讲情面的豺狼野兽。诗歌引用"中山狼"典故，其含义暗指迎春丈夫孙绍祖有如狼一样恩将仇报。"全不念"句，是说孙绍祖不念贾府对他家的恩德，反虐待迎春。孙绍祖的祖父是贾府的门生，贾府曾庇护他祖父了结了一件"不能了结之事"而逃脱惩罚。"一味的"这句，是说孙绍祖"一味好色"，"家中所有的媳妇丫头将及淫遍。"觑看那"两句，孙绍祖欺凌作践迎春，把这个侯门小姐当作下贱人看待。"叹芳魂"二句，指迎春婚嫁后一年就被丈夫孙绍祖作践而死去。

迎春是贾府的二小姐，为人老实，怯弱无能，有"二木头"的诨名，一味忍让是她的处世哲学，故常被人欺侮。她的金银首饰被人偷去赌钱，她不追究；别人设法代她追回，她却认为"宁可没有，何必生事。"大观园被抄抢，她的丫头司棋被逐，她虽流下同情的眼泪，司棋请她去求情，她却连"一句话也没有说"。她的不幸婚姻，与其处世哲学有关。

迎春是贾赦之女，名门闺秀，但其父却因欠孙绍祖家五千两银而答应这门婚事，将她嫁给孙绍祖。迎春实际上被当作商品卖掉抵债的。对于这门婚事，贾政等人曾反对过，但贾赦"执意不听"，包括贾府中的太上皇贾母在内，谁也没有办法，因为封建婚姻是"父母之命"决定的。迎春婚后被虐待，她回贾府曾向贾母、王夫人等哭诉，但"嫁出去女，泼出去水"，迎春是孙家之人，是孙绍祖的砧上肉，只能无可奈何地将她送回孙家，分别时只能用"贾母将不时接你回来"之类的话去安慰她。

迎春的婚姻是不幸的，其结局是悲惨的。其原因与其说是迎春性格上的懦弱，处世上的一味忍让，倒不如说是封建包办婚姻造成的。她婚后一载即荡悠悠，实是封建包办婚姻的牺牲品。而"喜冤家"则是作者对封建婚姻制度的罪恶之揭露和批判。

此外，孙绍祖的恩将仇报，从某个方面反映了封建地主阶级上层集团之间的互相倾轧。

虚花悟

　　将那三春看破^①，桃红柳绿待如何？把这韶华^②打灭，觅那清淡天和^③。说什么天上夭桃盛，云中杏蕊多^④？到头来，谁见把秋捱过^⑤？则看那，白杨村里人呜咽，青枫林下鬼吟哦^⑥。更兼着，连天衰草遮坟墓，这的是^⑦，昨贫今富人劳碌，春荣秋谢花折磨。似这般，生关死劫^⑧谁能躲？闻说道，西方宝树唤婆娑，上结着长生果^⑨。

注释

①将那三春看破：与前文"判词"所说"勘破三春"意同。桃红柳绿：喻荣华富贵。待如何：结果怎么样呢？

②韶华：大好春光。此处喻所谓"凡心"。

③清淡天和：既指与自然界浓艳的春光相对的天地间清淡之气，又指人体的元气。因为古时有所谓不动心、不劳形、清净淡泊可保持元气不受耗伤的说法，所以，"觅天和"亦即所谓养性修道。天和：元气。

④天上夭桃、云中杏蕊：比喻富贵荣华。夭桃：语出《诗经·周南·桃夭》："桃之夭夭。"夭夭，美而盛的样子。

⑤捱（ái）过：艰难度过。

⑥则看：只见。白杨村：古人在墓地多种白杨，后来常用白杨暗喻坟冢所在。《古诗十九首》："驱车上东门，遥望郭北墓。白杨何萧萧，松柏夹广路。下有陈死人，杳杳即长暮。"青枫林：李白遭流放，杜甫疑其已死，作《梦李白》诗说："魂来枫林青，魂返关塞黑。"这里青枫林是借用，意同"白杨村"。吟哦（é）：有节奏地背诵、朗读。

⑦的是：真是。

⑧生关死劫：佛教把人的生死说成是关头、劫数。劫：厄运。

⑨宝树：指菩提树，不叫"婆娑"。长生果：即《西游记》中所写的人参果，俗传吃了可以长生不老。果：又是佛家语，指修行有成果。

赏析

　　这首曲子是写贾惜春的。曲子开头第一句就说看破"三春"。这句语带双关，字面是指三月季春，又关乎大姐元春、二姐迎春、三姐探春的事。暮春时节，美景即将随春离去；从三位姐姐的不幸结局中，更感受到贾府这个大家族的衰败没落，正如冷子兴所说的"如今外面的架子虽未甚倒，内囊却也尽上来了"。惜春"看破"的，正是这好景不长的现实。惜春对于现实再也无可留恋了。她要"打灭"大好的春光，也就是她要抛却自己的青春年华，去寻觅那超脱尘世的所谓"天和"的境界。

曲子用"说什么"这种怀疑的语气，去否定比作荣华富贵的"天上天桃""云中杏蕊"。封建士大夫以天、日称颂君王，以雨露比喻君恩；诗中是以天上的桃、杏比作朝廷上的显贵。我们认为，惜春的这种否定，虽然比起那些热衷于功名富贵的人有着较为清醒的一面，但并不是她的悟彻和反抗。惜春之所以产生这种否定的念头，是因为她要置身事外，从而达到"我只知道保得住我就够了"的目的。

曲子里断言，桃杏盛景，等不到秋天就会败落净尽，所能看到的，只是长满白杨枫树、衰草连片的坟场。这些，在惜春看来，是劫数，是谁也躲避不了的。于是，她唯有弃世，向往"西方宝树"，皈依佛门。

惜春之所以选择入庵为尼，长伴"青灯古佛"的生活道路，原因是她要逃避，免使自己成为封建统治阶级内部倾轧的殉葬物，但是她并未因此而获得解脱。判词"判定"她："可怜绣户侯门女，独卧青灯古佛旁。""可怜"悲惨的归宿，就是"侯门"四小姐贾惜春的不可逃避的命运。

聪明累①

机关算尽太聪明，反算了卿卿性命②。生前心已碎，死后性空灵③。家富人宁，终有个家散人亡各奔腾④。枉费了，意悬悬⑤半世心；好一似，荡悠悠三更梦。忽喇喇似大厦倾，昏惨惨似灯将尽。呀！一场辛苦忽悲辛。叹人世，终难定！

注释

①聪明累：是受聪明之连累、聪明自误的意思。语出北宋苏轼《洗儿》诗："人皆养子望聪明，我被聪明误一生。惟愿孩儿愚且鲁，无灾无难到公卿。"

②"机关"二句：意思是王熙凤费尽心机，策划算计，聪明得过了头，反而连自己的性命也给算掉了。机关：心机、阴谋权术。卿卿：语本《世说新语·惑溺》，后作夫妇、朋友间一种亲昵的称呼。这里指王熙凤。

③死后性空灵：所依据的情节不详。从可以知道的基本事实来看，使王熙凤难以瞑目的事，最有可能是指她到死都牵挂着她的女儿贾巧姐的命运。"死后性灵"是迷信的说法。

④奔腾：在这里是形容灾祸临头时，众人各自急急找生路的样子。

⑤意悬悬：时刻劳神，放不下心的精神状态。

赏析

王熙凤是贾府的实权人物。她主持荣国府，协理宁国府，而且，从"王凤姐弄权铁槛寺"中，更识得她交通官府，为所欲为的阶级本性。

此曲主要写王熙凤耍尽权谋机变，弄得贾府一败涂地，也害得自己落了个"悲辛"的凄惨下场。这支曲子，用语生动形象，大量采用比喻及叠词对句的形式，生动地描绘出了封建社会制度彻底崩溃的情景。全曲语带讽刺，曲调哀怨，充满了悲伤气氛。

曲子开头的两句道出了王熙凤及其所代表的贵族阶级走向没落的必然命运。宋代黄庭坚《牧童》诗末两句云："多少长安名利客，机关用尽不如君。"这里的"机关用尽"，是讽刺那些不顾一切费心机、弄权术去追名逐利的达官显贵。王熙凤正是这一类耍尽阴谋机变，权欲、贪欲极度膨胀的剥削阶级人物。曲子这头两句，用嘲弄的口气，概括了贾府"女霸"王熙凤的为人和结局。

王熙凤生前翻手为云，覆手为雨，阴险毒辣，制造了许多罪恶，确实到了"心已碎"的地步，但结果还是树倒猢狲散，"家亡人散各奔腾"。

贾府的衰败，是封建地主阶级必然灭亡的封建社会"末世"所注定的。因此，无论王熙凤如何的"聪明"，如何的"机关算尽"，都不能支撑贾府这座即将倾塌的"大厦"，更不能挽救四大家族乃至整个封建地主阶级"似灯将尽"的历史命运。曲子唱出"一场欢喜忽悲辛"，即王熙凤一生遭遇的总结，也可以说是封建社会"末世"的挽词。

曲子最后唱道："叹人世，终难定！"这是作者的感叹，作者把王熙凤的悲剧结局和封建家族的没落，归之于人世祸福难定，却是作者局限性的反映。

留余庆

留余庆①，留余庆，忽遇恩人；幸娘亲②，幸娘亲，积得阴功。劝人生，济困扶穷。休似俺那爱银钱忘骨肉的狠舅奸兄③。正是乘除加减④，上有苍穹⑤。

注 释

①留余庆：曲名"留余庆"，是说贾巧姐的娘王熙凤曾接济过刘姥姥，做了好事，因而得到好报——由刘姥姥救巧姐出火坑。先代为后代所遗留下来的福泽叫余庆。《易·坤·文言》："积善之家，必有余庆。"留余庆，与"积得阴功"义相似，是因果报应的通俗表达。

②娘亲："母亲"的一种方言叫法。

③狠舅奸兄：后人难以考证曹雪芹原稿中"奸兄"所指系谁。《红楼梦》高鹗版续书写贾巧姐后为王仁（狠舅）、贾环、贾芸（奸兄）等所卖，但可以肯定贾芸并不是曹雪芹原稿中所说的"奸兄"。第二十四回的脂砚斋批语说小说后半部分有"芸哥仗义探庵"（靖藏本）事，并说"此人后来荣府事败，必有一番作为"。贾环则既非"舅"，也非"兄"，而是巧姐的叔叔。

④乘除加减：指老天的赏罚丝毫不出差错，即"善有善报，恶有恶报"。

⑤苍穹（qióng）：苍天。

赏 析

巧姐在大观园十二钗中年龄最小，因她尚未长大成人，所以作者没有去刻画她的个性。她的命运取决于结局悲惨的母亲王熙凤。"覆巢之下，焉有完卵？"巧姐的命运就可以推知了。

此曲主要叙述了刘姥姥救贾巧姐出火坑的事情，表达了作者规劝人们济困扶穷的思想观念，警示人们因果轮回报应不爽。在这首曲子中，作者用一种庆幸的笔调反复咏叹"留余庆"，借题发挥，直抒劝世行善的主旨。全曲借由巧姐口吻叙述，用语平白直接，含有讽刺意味。

刘姥姥在穷得过不去冬时，曾到贾府去求助。凤姐对这个"芥豆之微"的穷亲戚本来是看不起的，但在无意中也救济了她。曲中说的"积得阴功"，指的就是这件事。从此刘姥姥和贾家结下了缘分，先后三进荣国府，成为贾家兴衰的见证人。连巧姐的名字还是刘姥姥给起的，当时还恭维说："她必长命百岁。日后大了，各人成家立业，或一时有不随心的事；必然遇难成祥，逢凶化吉，却从这'巧'字上来。"从曲子内容看，在巧姐被其舅王仁等人推进火坑（很可能是卖给妓院）时，刘姥姥救她出来，使她"逢凶化吉"。

贾府丑事败露后，王熙凤获罪，自身难保，女儿贾巧姐为狠舅奸兄欺骗出卖，流落在烟花巷。贾琏夫妻、父女，"家亡人散各奔腾"。后来，巧姐幸遇恩人刘姥姥救助，使她死里逃生。

此曲的中心思想是"济困扶穷"，这是巧姐历经磨难后的顿悟，也是曹雪芹通过刘姥姥救巧姐的故事所要表达的救世思想。虽有因果报应之说，也不乏积极意义。

当然，曹雪芹笔下的刘姥姥身上也戴着封建阶级精神奴役的沉重枷锁，说王熙凤能"留余庆""积得阴功"，也完全是一种阶级偏见。曲子宣扬"乘除加减，上有苍穹"的冥冥报应的迷信思想，更明显地属于封建糟粕，这些无疑都应剔除。但是，我们也应该看到使作者产生"劝人生，济困扶穷"思想的实际生活基础，把它与封建剥削阶级惯于进行的虚伪的、廉价的慈善说教区别开来。

晚韶华

镜里恩情①，更那堪梦里功名！那美韶华去之何迅，再休提绣帐鸳衾②。只这戴珠冠，披凤袄③，也抵不了无常性命。虽说是，人生莫受老来贫，也须要阴骘积儿孙④。气昂昂，头戴管缨，光灿灿，胸悬金印⑤，威赫赫，爵禄高登，昏惨惨，黄泉路近！问古来将相可还存？也只是虚名儿与后人钦敬。

注释

①镜里恩情：喻夫妻恩情。
②韶华：这里喻青春年华，与曲名中喻荣华富贵有所区别。绣帐鸳衾：指代夫妻生活。鸳衾（qīn）：绣着鸳鸯的锦被。
③只：即使，即便是。珠冠、凤袄：是受到朝廷封赏的贵妇人的服饰。这里指李纨因贾兰长大后做了官而得到封诰。
④阴骘（zhì）：即前曲所谓"阴功"，指暗中有德于人。积儿孙：为儿孙积德。
⑤簪缨（zān yīng）：古时贵人的冠饰。簪：首饰。缨：帽带。金印：为皇帝赏赐、贵人所佩戴的象征身份地位的贵重之物。

赏析

在小说中许多重要事件中，李纨都在场，可是她永远只能充当"敲边鼓"的角色，没有给读者留下什么特殊的印象。这也许正符合她的身份地位和思想性格——荣国府的大嫂子，一个恪守封建礼法、与世无争的寡妇，从来安分顺时，不肯卷入矛盾斗争的旋涡。

这首曲子是写李纨的。曲名"晚韶华"，字面上说晚年荣华，其真意是说好光景到来已经晚了。

作者在第四回的开头就对她做了一番介绍，那段文字除了未提结局外，已可作为她的一篇小传："这李氏亦系金陵名宦之女，父名李守中，曾为国子监祭酒，族中男女无有不诵诗读书者。至李守中继承以来，便说'女子无才便有德'，故生了李氏时便不十分令其读书，只不过将些《女四书》《烈女传》《贤媛集》等三四种书，使他认得几个字，记得前朝这几个贤女便罢了，却只以纺绩井臼为要，因取名为李纨，字宫裁。因此这李纨虽然青春丧偶，居家处膏粱锦绣之中，竟如槁木死灰一般，一概无见无闻，唯知侍亲养子，外则陪侍小姑等针黹诵读而已。"

这是一个封建社会中被人称为贤女节妇的典型，"三从四德"的妇道的化身。清代的卫道者们鼓吹程朱理学，宣扬妇女贞烈气节特别起劲，妇女所受的封建主义"四大绳索"压迫的痛苦也更为深重。像李纨这样的人，在统治者看来是完全有资格受表旌、立牌坊、编入"烈女传"的。虽则"无常性命"没有使她有更多享受晚福的机会（李纨年龄不比诸姊妹大多少，她的死原稿中或另有具体情节，但已难考出），但她毕竟在寿终前得到了"凤冠霞帔"的富贵荣耀，这正可以用来作为天道无私、终身茹苦含辛贞节自守者必有善报的明证。然而，曹雪芹偏将她入了"薄命司"册子，说这一切只不过是"枉与他人作笑谈"罢了（后四十回续书以贾兰考中一百三十名，"李纨心下自然喜欢"为结束，这样，李纨似乎就不该在"薄命司"之列了），这实在是对儒家传统观念的大胆挑战，是从封建王国的黑暗中透射出来的民主主义思想的光辉。

好事终①

画梁春尽落香尘②。擅风情，秉月貌，便是败家的根本③。箕裘颓堕皆从敬④，家事消亡首罪宁⑤。宿孽总因情⑥！

注释

①好事终：意思是情事终了，家败人亡。好事：特指男女风月之事，是反语。
②"画梁"句：暗指秦可卿在天香楼悬梁自尽。
③"擅风情"三句：谓秦可卿自恃风月情多和容貌美丽，而后贾府之败，根源可以追溯到这一点上。
④箕裘（jī qiú）颓堕：旧时指儿孙不能继承祖业。箕裘：指簸箕、皮袍。《礼记·学记》："良冶之子，必学为裘；良弓之子，必学为箕。"意思是说，善于冶炼的人家，必定先要子弟学会做簸箕，为弄木竹、兽角做准备。后人因以"箕裘"比喻祖先的事业。敬：指贾敬。他颓堕家教，放任子女胡作非为，养了个不肖之子贾珍，而贾珍则"乱伦"与儿媳私通。

⑤家事：家业。宁：指宁国府。

⑥宿孽：原始的罪恶，起头的坏事，祸根。

赏析

这首曲子是写秦可卿的。曲名"好事终"的"好事"特指男女风月之事，是反语，指秦可卿与贾珍乱伦的丑事告一段落，曲名含着明显的讽刺意味。

"画梁春尽落香尘"，此句暗指秦可卿在天香楼悬梁自尽。"擅风情，秉月貌，便是败家的根本"，此句意思是说：秦可卿自恃风月情多和容貌美丽，后来贾府之败，根源可以追溯到这一点上。从曲子开头几句看，作者似乎是把贾家败落的责任归到秦可卿身上。其实细看书中情节，不过是通过秦可卿把宁府贾珍、贾蓉、贾敬等人牵出来，进行暴露和鞭挞。"箕裘颓堕皆从敬，家事消亡首罪宁"，秦可卿的堕落是主动还是被迫，不得而知，但无论从哪个角度说，贾珍都是主要责任者。秦可卿出身并不高贵，是其父秦业从"养生堂"抱养的孤儿。贾珍这个无耻的酒色之徒垂涎其美，不顾伦理道德，勾引她堕落，导致她自杀，应该是最合理的推测。由此再进一步，作者以为贾珍的堕落，责任又在其父贾敬。这个贾敬一心想当神仙，整年烧丹炼汞，"只在都中城外和道士们胡羼"，完全放了家业和对子孙的教育。于是贾珍、贾蓉父子"只一味高乐不了，把宁国府翻了过来"，也没人敢来管他们。子孙不肖，后继无人，焉能不败？

不过，曲子中有一点是颇令人思索的，那就是秦可卿在小说中死得较早，为什么要说她是"败家的根本"呢？难道作者真的认为后来贾府之败是像这首曲子所归结的"宿孽总因情"吗？四大家族的衰亡是社会的、政治的客观规律所决定的，封建统治阶级的生活腐朽、道德败坏也是其阶级本性所决定的。那么，曹雪芹为何把后来发生的重大变故的责任全推到一个受贾府这个罪恶封建家庭的毒氛污染而丧生的女子身上，把一切原因都说成是因为"情"呢？其实，这和十二支曲的《引子》中所说的"都只为风月情浓"一样，只是作者有意识地在小说的一

切人物、事件上所施的障眼法。作者在很大程度上为了给人以"大旨谈情"的假象，才虚构了太虚幻境、警幻仙子的。但是，这种"荒唐言"若不与现实相联系，就起不了掩护政治性的真实性的作用。因而，作者又在现实中选择了秦可卿这个因风月之事败露而死亡的人，作为这种"情"的象征，让她在宝玉梦中"幻"为"情身"，还让那个也叫"可卿"的仙姬与钗、黛的形象混为一体，最后与宝玉一起堕入"迷津"，暗示这是后来情节发展的影子，以自圆其"宿孽因情"之说。

当然，以假象示人是不得已而为之，作者对此也是充满矛盾，所以他在太虚幻境入口处写下了一副对联，一再警告读者要辨清"真""假""有""无"，拨开迷雾，认清本质。

飞鸟各投林

为官的，家业凋零；富贵的，金银散尽；有恩的，死里逃生；无情的，分明报应；欠命的，命已还；欠泪的，泪已尽。冤冤相报①实非轻，分离聚合皆前定。欲知命短问前生，老来富贵也真侥幸。看破的，遁入空门②；痴迷的③，枉送了性命。好一似食尽鸟投林，落了片白茫茫大地真干净。

注释

①冤冤相报：冤家对头的相互报应。
②遁入空门：出家为尼、为僧。
③痴迷的：指贪恋权势金钱的人。

赏析

作者一生由"饮甘餍肥"的贵族子弟跌落成一个"举家食粥"

的落拓文人。他看到封建社会处处充满矛盾斗争，一切都在运动，都在产生和消失。这种客观的辩证法印在作者头脑中，就形成了他朴素的辩证法观念。在第十三回中作者通过秦可卿之口说："常言'月满则亏，水满则溢''否极泰来'，荣辱自古周而复始，岂人力所能常保的。"这就是说"物极必反"，有始必有终，有盛必有衰，这个客观规律是任何人都无法抗拒的。这首《飞鸟各投林》的曲子等于宣布：凡是封建统治阶级所拼命追求和维护的一切，都是注定要灭亡的。曹雪芹依据他的朴素辩证法思想忠实地描绘了大观园内外的社会生活，正像他自己宣称的："至若离合悲欢，兴衰际遇，则又追踪蹑迹，不敢稍加穿凿"，因而《红楼梦》所反映的贵族家庭的兴衰始终，是符合历史的辩证法的。作者写他们的"极盛"，正是要反衬他们的"极衰"；写他们的"赫赫扬扬"，正是要反衬他们的"烟消火灭"。高鹗续写的后四十回写贾家最后又"沐天恩""延世泽""兰桂齐芳"，安排一个不喜不悲的"团圆"结局，是违背曹雪芹原意的。曹雪芹设计的结局是"乐极悲生，人非物换""树倒猢狲散"。按照作者的朴素辩证法的观点，荣国府并不永远"荣"，有荣必有枯，而且要枯得很惨；宁国府也不永远"宁"，有宁必有危"，终要有破家灭族的一天。从脂砚斋批语透露的曹雪芹所写的八十回以后的部分情节看，贾家败落后，当年"金窗玉槛""珠宝乾坤"的大观园要变成"落叶萧萧，寒烟漠漠"的一片凄凉颓败景象。被撵出大观园的宝玉和宝钗要有一段"寒冬噎酸齑、雪夜围破毡"的困苦生活；王熙凤要有一个"身微远塞""回首惨痛"的可悲下场；惜春要沿门托钵，"缁衣乞食"；贾赦、贾珍之流要被撤职罢官，扛上枷锁，或被杀头，或被流放充军。贾家如此，与他们有关联的其他史、王、薛三族也一样，得势时他们互相"扶持遮饰"，势败时也要一齐完蛋。他们都向自己的对立面转化了去。这首《飞鸟各投林》的曲子，就是对他们下场的形象描绘。

这是《红楼梦曲》总收尾的曲子。"飞鸟各投林"是"家散人亡各奔腾"的另一种说法，与"树倒猢狲散"同义。这首收尾的曲子是对以贾家为代表的封建贵族阶级命运的概括，也可以说是一首带有朴素辩证法思想的主题歌。

曹雪芹毕竟是二百多年前封建贵族出身的一位作家，他的世界观中存在着深刻的矛盾：他对他出身的贵族阶级充满厌恶和愤慨，但又和这个阶级难解难分地连在一起；他清楚地看到这个阶级不配有更好的命运，但又不知道谁是历史的主人；他尖锐地揭露和批判了封建社会的腐败，但又提不出超出封建主义范畴的政治思想。他看到了社会现象的发展和变迁，但只是把它看成是一种简单的循环，如认为"荣辱自古周而复始"，就是错误的"历史循环论"。所有这些都反映了曹雪芹历史的和阶级的局限性，也反映了他朴素辩证法思想的局限性。

第八回

嘲顽石幻相[①]

女娲炼石已荒唐，又向荒唐演大荒[②]。

失去幽灵真境界[③]，幻来新就臭皮囊[④]。

好知运败金无彩，堪叹时乖玉不光[⑤]。

白骨如山忘姓氏，无非公子与红妆[⑥]。

注 释

①嘲：嘲笑，戏弄。顽石：指宝玉的"通灵宝玉"。

②大荒：更大的荒唐。亦暗指第一回所说的顽石所在的"大荒山"。

③幽灵真境界：指第一回说的"大荒山无稽崖青埂峰下"。据脂批，那里有"松风明月"，
有"猿啼虎啸之声"。

④幻来新就臭皮囊：幻来：言通灵宝玉变幻成人形。皮囊：佛教用语，指人的躯体。"皮
囊"前"臭"字，嘲讽某些人无德无行，徒有躯体。第三回《西江月·嘲宝玉》云："纵
然生得好皮囊，腹内原来草莽。"因为腹内草莽，故称"臭皮囊"。

⑤运败、时乖：时运不好。

⑥红妆：年轻女子的盛妆。这里指代年轻女子。

赏 析

　　宝玉去探望宝钗，宝钗要看宝玉那块"落草时衔下来的宝玉"，
便笑着说："成日家说你的这玉，究竟未曾细细的赏鉴，我今儿倒要

瞧瞧。"宝玉把玉解下来递给宝钗。就在这里，作者假托"后人曾有诗嘲云"写了这首诗。

女娲补天丢弃不用的那块石头，被茫茫大士、渺渺真人携入人世，变成了通灵宝玉，同时又是贾宝玉其人。这是作者凭空虚拟的带有神秘色彩的故事，"女娲炼石已荒唐，又向荒唐演大荒"，女娲炼石之事本已荒唐，现在又向荒唐的人间敷演出这一石头的荒唐故事，所以说它荒唐而又荒唐。石头由自由自在的神物，变成一个被人百口诮谤的"臭皮囊"，表面上是对人生意义的否定，其实是作者在抒发他对人生社会幻灭后的愤激情绪。

"失去幽灵真境界，幻来新就臭皮囊"，意思是说：这块被天神石，没求修炼真境界，却来到凡间，落在一身"臭皮囊"，正是借佛家语嘲其幻象。佛教厌恶人的肉体，以为它只是贮存涕、痰、粪、溺等污物的躯壳，所以称为"臭皮囊"。

"好知运败金无彩，堪叹时乖玉不光"，是暗示宝钗、宝玉夫妇命运蹇涩，将由花柳繁华的顶峰，跌入贫困凄凉的底层。"靖藏本"批曰："伏下闻。又夹入宝钗，不是虚图对的工。"可知原稿后半部有其"运败"时"无彩"的情节，但难知其详。续书写宝钗的冷落是因为宝玉疯癫，后来则因丈夫出家而成为实际上的孀居，与原稿归因于贾府衰亡不同。第二十五回癞僧曾说，通灵玉被蒙蔽是"粉渍脂痕污宝光"。可见，"玉不光"不仅指宝玉后来"贫穷难耐凄凉"，很可能是嘲讽他在不幸的境遇下与宝钗成了亲，即所谓"尘缘未断"。在作者看来，重要的是精神上有默契，肉体只不过是臭皮囊而已，所以为之而发出尾联的叹息。续书中写宝玉"疯癫"中不辨结婚对象而听人摆布，并非作者原意。据脂评谓黛玉死后，宝玉有"对镜悼颦儿"文字，又指出"后文成其夫妇时"宝玉与宝钗有"谈旧"事，可知原稿中宝玉并不痴呆，写法要现实得多。

最后的"白骨如山忘姓氏，无非公子与红妆"两句意思是说，一切荣华富贵都是转瞬即逝的过程，最终全告毁灭。

这首嘲讽顽石之诗，是作者对世人的当头棒喝，告诫人们不要依附权贵，更不要以为荣华富贵能够长久。全诗余味无穷，发人深省。

通灵宝玉吉谶

正面：

莫失莫忘，仙寿恒昌^①。

反面：

一除邪祟，二疗冤疾，三知祸福。

注 释

①仙寿恒昌：长寿发达。
恒昌：久远昌盛。

赏 析

《石头记》描绘通灵宝玉的形状说："大如雀卵，耀若明霞，莹润如酥，五色纹缠护。"上有癞头僧所镌的篆文。

正面说的是：不要丢失它，不要忘却它；做到这点，便可以健康长寿。反面说的是，这块宝玉有"除邪祟、疗冤疾、知祸福"三大作用。

通灵宝玉是贾宝玉的"命根子"。第二十五回，癞头和尚言通灵宝玉"如今被声色货利所迷，故不灵验了"，贾宝玉也疯疯癫癫了，"将身一纵，离地跳有三四尺高，口内乱嚷乱叫，说起胡话来了"。后经癞头和尚和跛足道人"持诵持诵"，通灵宝玉又可以"除邪祟"了，贾宝玉病愈了。这个故事明示"声色货利"害人之深。甲戌本脂砚斋总评："通灵玉除邪，全部只此一见，却又不灵，遇癞和尚、跛道人一点，方灵应矣。写利欲之害如此。"

璎珞金锁吉谶

正面：

不离不弃。

背面：

芳龄永继^①。

注 释

①芳龄永继：长寿之意。

赏析

第二十五回描绘宝钗颈上的璎珞说："珠宝晶莹，黄金灿烂。"甲戌本脂批："璎珞者，头饰也。想近俗即呼为颈圈者是矣。"此回又有"宝玉忙托了锁看时"，癞和尚说"必须鏨在金器上"等句，可见宝钗戴的"项圈"，是一把系带上饰有碎玉的金锁。

这把金锁上鏨的"吉利话儿"的意思是：不要离开它，不要丢弃它；做到这点，就可永葆青春。

莺儿听到通灵宝玉上的"莫失莫忘，仙寿恒昌"八字后，嘻嘻笑道："我听这两句话，倒像和姑娘的颈圈上的两句话是一对儿。"宝玉也笑问："姐姐这八个字，倒与我的是一对。"这些话，明明表示，二宝将来是"一对"，是"金玉良缘"。然而，"仙寿恒昌""芳龄永继"明是吉利话，实是对人生的嘲讽。二宝"恒昌""永继"了吗？世人又有谁"恒昌""永继"了？最终都不过"白骨一堆忘姓氏"。

早知日后闲争气

注 释

早知日后闲争气①，岂肯今朝错读书

①争气：招气受。

赏析

此第八回回末诗。秦业望子成龙，好不容易得到儿子秦钟能入贾家塾中念书的机会，"亲带了秦钟，来代儒家拜见了。然后听宝玉上学之日，好一同入塾"。在此回末语后，以"正是"二字接上这一联。

这一联诗句，起着关联下文、预提后话的作用。下一回"恋风流情友入家塾，起嫌疑顽童闹学堂"写秦钟入学后，因"恋风流"

招致"同窗人起了疑，背地里你言我语，诟谇谣诼，布满书房内外"，终于惹起口角争斗，造成群童大打出手，把学堂闹了个天翻地覆，秦钟的头也被打破了。孩子们打架，大人们自然生气。金荣母亲不必说，即如秦可卿"听见有人欺负了她兄弟，又是恼，又是气"，恼的是那些"扯是搬非"者，"气的是她兄弟不学好，不上心读书"，因此使她增加烦恼，添了病。事情闹到这地步，是秦钟始料未及的，故有此联语。下句在"读书"之前加个"错"字，还用"岂肯"，活画出宝玉、秦钟等人"不因俊俏难为友，只为风流始读书"的存心和秉性，用语风趣，幽默感十足。

第十一回

赞会芳园

　　黄花满地^①，白柳横坡。小桥通若耶之溪^②，曲径接天台之路^③。石中清流激湍，篱落飘香；树头红叶翩翩，疏林如画。西风乍紧，犹听莺啼；暖日常暄^④，又添蛩语^⑤。遥望东南，建几处依山之榭^⑥；近观西北，结三间临水之轩^⑦。笙簧盈座^⑧，别有幽情；罗绮穿林^⑨，倍添韵致。

注 释

①黄花：菊花。宁国府请荣国府一干人过去时曾说："这时候，天气又凉爽，满园的菊花盛开。"
②若耶之溪：浙江绍兴县南有若耶溪，相传是西施浣纱处，又叫浣纱溪。这里借以点染景色人事。
③曲径：曲折的小路。天台之路：天台山在浙江天台县北。传说汉代刘晨、阮肇入天台山采药，遇见两个仙女，留他们住了半年。后来他们要求回家，到家乡时发现已经过了七世。这里也是借遇仙故事来烘托景物和接着便写到的情节。
④暄：太阳的温暖。
⑤蛩（qióng）语：蟋蟀的叫声。
⑥榭：建筑在台上的房屋。
⑦轩：有窗的小屋子。
⑧笙簧：吹奏乐器。簧是笙管中的薄片，吹时振动发声。
⑨罗绮：绫罗彩绸。这里指代穿着罗绮的女子。

赏析

　　这段文字写王熙凤从宁国府庆寿辰、探望秦可卿的病回来，路经会芳园时，对园中景致的描写。

　　这段景语在情节安排上有反衬作用，"会芳园"三字语含双关。王熙凤在观赏景致中，碰上了躲在假山后等她的贾瑞。接着作者就描写"毒设相思局"的丑事，对古代大家庭的生活糜烂、道德败坏做了无情的暴露。这些帏内幕后的丑恶，与会芳园的美好外景形成了鲜明的对比。可见，接天台之路实际上只是通淫秽之径，涧流清溪也不过是臭水泥潭而已。

第十三回

古今风月鉴

一步行来错，回头已百年。
古今风月鉴①，多少泣黄泉！

注 释

①风月鉴：回应本书书名《风月宝鉴》。鉴：可以使人警惕或引为教训的事情；借鉴。

赏 析

　　此诗见于靖藏本十三回回前。庚辰本用朱笔大字另写在第十一回之前的空页上，可能是因为过录者误把这首诗当作是说贾瑞的，而诗前长批又明说秦可卿，遂凭己意将其位置移前，以表示兼说两者。庚辰本有"诗曰"字样，当是曹雪芹所作。

　　"一步行来错，回头已百年"，这两句是说秦可卿"一失足成千古恨，再回头已百年身"。"风月鉴"虽出现于贾瑞之死情节中，但其含义显然是象征性的，因此可以普遍适用，故又加"古今"二字。题秦氏之死的诗中又提出"风月鉴"，更证明作者把秦氏与贾瑞穿插起来写是有意安排的，故用"多少"两字来概括。

托梦赠言

三春去后诸芳尽①，各自须寻各自门。

注 释

①尽：尽头，完结。

赏析

秦可卿死时，王熙凤梦见她前来告别，劝凤姐为将来贾府不可避免的衰败早做打算，临别时，又赠凤姐这两句话。

秦可卿托梦赠言，预示"盛筵必散"，但也表达了传统的宿命论思想。她为贾府所筹划的，如在祖茔附近预先多置房产、田地，以备祭祀、供给，也为子孙将来留一条退路等，都是为这个大家族的长远利益做打算。

"三春过后诸芳尽"，表面上说春光逝去后，众花都要落尽，实际上是预言后事，说待到元春、迎春、探春死去或远嫁，大观园姊妹们也都要死的死、散的散了。"各自须寻各自门"，意思是说：各自都得寻找各自的归宿，也就是"飞鸟各投林"的意思。

从脂评中我们知道，曹雪芹的亲友看了初稿中这一段，曾为之"即欲堕泪""悲切感服"，还因此原谅了秦氏生前的行为，嘱令曹雪芹把暴露她与公公贾珍之间丑事的"遗簪、更衣诸文"统统删去，以便将她从作者的"刀斧之笔"下"赦"出来。这当然只是批书人的立场观点。不过，从作者终于删改"淫丧天香楼"文字和这一情节描写来看，对贾府的"树倒猢狲散"的结局，作者自己也还是流露出悲怆心情的。

赞王熙凤

金紫①万千谁治国，裙钗②一二可齐家③。

注释

①金紫：佩金饰穿紫袍的人，指高官显爵的男子。

②裙钗：旧时妇女的服饰，借指妇女。

③齐家：即治家，是使家族成员能够齐心协力、和睦相处。齐：治理、整理。

赏析

　　这是第十三回结束时的两句诗。秦可卿死后，宁国府大办丧事。因尤氏推病不能料理府内事务，贾珍便请王熙凤协理。王熙凤应允后，先梳理了宁府的五大弊病，在第十四回她采取了有效的措施。在这一联里，作者将"齐家"和"治国"联系起来，因为中国古代士大夫阶层的价值取向是"修身、齐家、治国、平天下"。一个人要先有好的品行修为，在此基础上管理好家庭，进而治理好国家，平定天下。而身为三品爵威烈将军及贾府族长的贾珍竟管不好自己的家事，只能求助于裙钗女子，这其中的讽刺意味十分强烈。以小喻大是《红楼梦》的特点，贾府是封建宗法制社会的缩影，"金紫万千"更点明贾珍只是千万个无能的封建官僚中的一个。

第十七回

沁 芳

绕堤柳借三篙[1]翠，隔岸花分一脉[2]香。

注 释

①三篙：形容水很深，有三个船桨连起来那么深。篙：划船用的船桨。
②一脉：指河水的形状是狭长形的，就像山脉一样蜿蜒曲折。

赏 析

　　这是贾宝玉为姐姐贾元春的省亲别墅的景点所写的两句诗。贾宝玉跟着他的父亲和一些人走到一处景点，发现是一个水景，水从不太高的瀑布上泻下来。这个时候有人建议说这个景点叫"泻玉"，因为水珠子跟玉珠子一样，贾宝玉就反对，说"泻玉"这个词语不雅，不如"沁芳"二字。"沁"在中国汉语里面表达的是逐步地浸润，一步一步地渗下去，"芳"就是芳香，他说这个景点可以叫作"沁芳"。他父亲就命令他立刻作一个对子，体现这个"沁芳"。他就随口吟出了这个非常优美的对子，恰恰把"沁芳"两个字的内涵表达得非常充分。这副对联是写"水"的，但妙在不着一个"水"字，全是借"绕堤""隔岸"去反衬出溪水；借"三篙""一脉"反衬出"水深""溪形"，把水色、水质、四周环境氛围糅合在一起来写，构成一幅柳映溪成碧、花落水流红的极富诗意的画面。

有凤来仪①

宝鼎②茶闲烟③尚绿，幽窗棋罢指犹凉。

注释

①有凤来仪：即潇湘馆，它的特征是"数楹修舍，有千百竿翠竹遮映"。凤凰是古代传说中的仙禽，相传它的出现是一种瑞应。《尚书·益稷》："箫韶（舜的乐曲）九成（一曲终叫一成），有凤来仪（呈祥）。"因为传说凤是食竹实的，所以借这一成语命名。

②宝鼎：指煮茶用的炊具。

③烟：指煮茶时所冒出来的水汽。

赏析

"有凤来仪"就是后来的"潇湘馆"。宝玉认为这将是元春第一处行幸之处，必须颂圣。凤凰是食竹实的仙鸟，又是后妃的象征，这一匾额符合"颂圣"要求。

这里被千百竿翠竹遮映，最显著的特点是"绿"和"凉"。宝玉的对联正紧扣这两点：茶已经喝完，煮茶的宝鼎仍然飘着绿烟；幽静的窗下，棋已经下完，但手指上凉意犹存。茶闲烟绿，棋罢指凉，都是因为翠竹遮映，但宝玉在对联中并不明言竹。脂砚斋对此联的点评为"尚绿犹凉"，四字便知置身于森森万竿竹子之中。这里后为黛玉所住，所以"凤"和"竹"也是用来称赞黛玉的不俗和清高。

杏帘在望

新绿涨添浣葛处①，好云香护采芹人②。

注释

①新绿：指新鲜的春水。瀚：俗写作"浣"，洗濯。葛：蔓生植物，多长于山间，煮取它的纤维，在长流水中捶洗干净后，可以织布制衣。

②好云：指云能生色，又兼喻"喷火蒸霞一般"的杏花，所以说"香炉"。以云比喻盛开的花是诗中常例。芹：指水芹菜，多长于水边。

赏析

"新涨绿添瀚葛处"一句写山庄景色：春天来临，春水荡漾，漫过了洗涤葛布的地方。民间有习俗，妇女回娘家前总要把葛布衣洗涤干净，在此"瀚葛"喻元春回府省亲，有颂圣之意。下联写"如喷火蒸霞一般"的杏花香气四溢，围护着水畔采芹人。此句暗喻元春为贵妃，如祥云般庇护着贾府。

大观园中有一处人造的田野山庄，其中"有几百枝杏花，如喷火蒸霞一般"，贾政等人想题作"杏花村"，还叫人做一个酒幌，用竹竿挑在树梢头，以凑合唐代杜牧《清明》诗："借问酒家何处有？牧童遥指杏花村。"贾宝玉嫌题额陋俗，以为不如因旧诗"红杏梢头挂酒旗"题作"杏帘在望"，或据"柴门临水稻花香"称为"稻香村"。

蘅芷清芬

吟成豆蔻才犹艳[①]，睡足荼蘼梦亦香[②]。

注 释

① 豆蔻：指草豆蔻，春天开花，密集成穗状花序，花初生时卷于嫩叶中，俗称含胎花，以喻少女。唐代诗人杜牧《赠别》诗："娉娉袅袅十三余，豆蔻梢头二月初。"这句说，吟成杜牧那样的豆蔻诗后，才思还是很旺。

② 荼蘼：蔷薇科植物，春末开花。这句因修辞技巧兼两层意思：一是花枝软垂无力像睡梦沉酣；一是人在花气中睡梦也香甜。这一联内容"香艳"，是古代上层社会的生活情趣。

赏 析

"蘅芷清芬"即"蘅芜苑"，其中多异香异气的异草。这一联首句说吟成像杜牧那样的豆蔻诗后（杜诗"豆蔻梢头二月初"），才思依旧旺盛；在荼蘼架下睡觉梦也香甜。蘅芜苑后为宝钗居住处，所以这一联是在写宝钗的多才、香艳。蘅芜苑不种花而种异草，符合宝钗"不爱花儿粉儿"的特点。另外，宝钗服用"冷香丸"，也与蘅芜苑的异香弥漫相吻合。

第十八回

大观园正殿对联

天地启宏慈①，赤子苍头②同感戴；
古今垂旷典③，九州万国被恩荣。

注 释

①宏慈：博大的仁慈之心。

②赤子：原本指初生的孩子，因婴儿皮红；一说因未有眉发。后来也用以指百姓，与"苍生"同义。苍头：本指汉代以深青色布为包头的奴仆。这里指平民百姓，用如"苍生、苍民"。

③旷典：罕见的典礼。《宋史·乐志》："百年旷典，至是举行。"这里引申为罕见的恩德。旷，空绝。

赏 析

这副挂在大观园正殿的对联，和匾额"顾恩思义"，都是"皇恩浩荡""天地同颂"的翻版。从元妃的地位来说，她只能这样写，或者说，不能不这样写。

她的内心世界，实际上如何呢？她忍悲强笑，对祖母、母亲说："当日既送我到那不得见人的去处，好容易今日回家，娘儿们一会，不说说笑笑，反倒哭起来。"对父亲说："田舍之家，虽盐布，终能聚天伦之乐；今虽富贵已极，骨肉各方，然终无意趣！"（第十八回）这些私房话，对那些表面文章"宏慈""旷典"，难道不是极大的讽刺？

贾政含泪对自己的女儿元春说的一番话，更是极大的讽刺："臣，草莽寒门，鸠群鸦属之中，岂意得征凤鸾之瑞。今贵人上沐天恩，下昭祖德，此皆山川日月之精奇，祖宗之遗德钟于一人，幸及政夫妇。且今上启天地生物之大德，垂古今未有之旷恩，虽肝脑涂地，臣子岂能得报于万一！"（第十八回）他不但极力歌颂皇帝，也极力颂扬自己的女儿，什么"凤鸾之瑞"，什么"山川日月之精奇，祖宗之遗德钟于一人"，有点令人肉麻。为什么会如此？他是有意这样说给别人听的，包括那些执事的大小太监；同时，他又确实希望自己的女儿永远是贾府全家在政治上的靠山，即所谓"幸及政夫妇""同感戴""被恩荣"。这正是："树在猢狲在，树倒猢狲散。"

题大观园

衔山抱水建来精，多少工夫筑始成^①。

天上人间诸景备，芳园应锡"大观"名^②。

注释

① "衔山"二句：环山萦水的构建，设计精心，工程浩大。作者借此暗寓小说创作呕心沥血，周密构思，花了他一生大半精力。

② "天上"二句，可以看出：一、"天上人间诸景备"的大观园，只有通过艺术的典型概括才能创造出来。考证它的地点是荒唐的。二、"天上"，也隐指"太虚幻境"。宝玉初见大观园正殿，"心中忽有所动，寻思起来倒像在哪里见过一般"，以及"省亲别墅"原称"天仙宝境"等，都在暗示"天上"与"人间"两种境界的联系。三、

小说所反映的社会生活面是广阔的，从"天上"到"人间"，亦即从皇家到百姓，形形色色，包罗万象，蔚为"大观"，确是一部当时社会的百科全书。锡，通"赐"。

赏析

贾元春在题完这首七绝后说："我素乏捷才，且不长于吟咏，妹辈素所深知。今夜聊以塞责，不负斯景而已。"这是谦虚话，也是实情。这首诗直书其事，既符合她的身份，又符合她雍容的心态。

园内"天上人间诸景备"，所以称为"大观"。元春归省，正是贾府"烈火烹油，鲜花著锦"之时，园内外之豪华，连元春在轿内见到，也"默默叹息奢华过费"，并劝说家人"以后不可太奢，此皆过分已极"（第十八回）。小说中插有两句赞语："金门玉户神仙府；桂殿兰宫妃子家。"这个"神仙府""妃子家"，"门、户"以"金、玉"装饰，言其豪贵；"殿、宫"以"桂、兰"装饰，言其花团拥簇，华丽至极。

这一回有两处批语，好比空谷足音，惊心怵目。一处是："可怜转眼皆虚话，云自飘飘月自明。"一处是："至此方完大观园工程公案，观者则为大观园费尽精神，余则为此费尽笔墨，却另因一个葬花冢。""虚话"也好，"葬花冢"也好，都预示贾府的衰败是必然的，封建社会的崩溃是必然的。盛极必衰，衰则亡。这是历史无数次显示出来的规律。

旷性怡情

园成景物特精奇，奉命羞题额旷怡①。
谁信世间有此境，游来宁不畅神思②？

注释

①羞题额旷怡：不好意思地题了"旷性怡情"的匾额。
②宁不：怎不。畅神思：额题"旷性怡情"的同义语。

赏析

小说介绍说："迎、探、惜三人之中，要算探春又出于姊妹之上，然自忖亦难与薛、林争衡，只得随众塞责而已。"

元春归省之际，命众姊妹"各题一匾一诗"。这算是一种变相的应制诗。

迎春所题匾额的四字，意谓性情开阔、情绪愉快。然她所赋诗却极平淡，并未充分表现出"旷、怡"的情感。只有"旷怡""畅神思"这样抽象的词语。这大概与她一生平庸怯懦有关。诗中唯有一"羞"字，写出了这位平庸姑娘的本色。

万象争辉

名园筑就势巍巍①，奉命何惭学浅微②。

精妙一时言不出，果然万物有光辉③。

注释

①势巍巍：指建筑气势雄伟，所谓"崇阁巍峨，层楼高起，面面琳宫合抱，迢迢复道萦纡"。
②何惭：切合探春性格。这句说，既然奉命而作，我纵不学无文，也就不怕献丑了。
③"精妙"二句：写出探春"随众塞责"。

赏析

探春的诗思诗才，虽比不上林、薛，但从后来她在诗社中的吟咏看，也不至于写出"万象争辉"这样平淡的作品来。这是因她"自忖亦难与薛、林争衡，只得勉强随众塞责"。她先申言自己"何惭学浅微"，然后以大观园的"精妙一时言不出"来塞。在大观园这样富丽堂皇的环境中，在元春归省这样庄严热烈的气氛中，她何以为了不"争衡"，竟吟出这样的诗来？令人颇费思索。她"才自清明志自高"，但也应不在元春面前"志高"得如此敷衍了事。

文采风流①

秀水明山抱复回②，风流文采胜蓬莱③。

绿裁歌扇迷芳草④，红衬湘裙舞落梅⑤。

珠玉自应传盛世⑥，神仙何幸下瑶台⑦。

名园一自邀游赏，未许凡人到此来⑧。

注 释

①文采风流：这里指景物多采，风光美好，人事标格不凡。

②抱复回：要合抱而又回转。即曲折萦绕的意思。

③蓬莱：传说中海上的仙山。

④"绿裁"句：歌扇用绿绸裁制成，与芳草颜色一样，迷离不分。歌扇，古时女子歌唱以扇遮面，所以有歌扇之称。这句写歌，下句写舞，带出景物。

⑤"红衬"句——"湘裙"疑当作"缃裙"。古乐府《陌上桑》以"缃绮为下裙"写罗敷，李商隐也有"安得薄雾起缃裙"句。缃，浅黄色绢帛。这是说裙子浅黄底子衬着红花，舞动时如红梅落瓣，随风飞回。这两句用七十回中提到的杜甫《游何将军山林》诗"绿垂风折笋，红绽雨肥梅"句法。

⑥珠玉：喻诗文美好。杜甫《和贾至早朝大明宫》诗："朝罢香烟携满袖，诗成珠玉在挥毫。"当时，盛唐著名诗人王维、岑参等也有同题和作，传为一时风流盛事。这里借以说大观园题咏。

⑦瑶台：传说中神仙所居之处。这句说元妃省亲，如仙女下凡。

⑧"名园"二句：名园一经贵人游赏，便增价百倍，犹如仙境不许凡人来到。亦借此"颂圣"。

赏 析

诗首句写自然景观。"抱复回"，言园内明山秀水环绕，又迂回曲折。次句写人文景观，言风流文采胜过仙境蓬莱。《山海经·海内北经》："蓬莱山在海中。"《史记·封禅书》："自威、宣、燕昭使人入海求蓬莱、方丈、瀛洲。此三神山者，其传在渤海中，诸仙人及不死之药皆在焉。其物禽兽尽白，而黄金白银为宫阙，未至，望之如云。"

次联展示人文景观。言歌舞时用绿绢裁制的扇子，与芳草分辨不清，用红色上衣配着的绌绣裙子，与飘落的梅花齐舞。此二句与清初诗人吴伟业《鸳湖曲》"芳草乍疑歌肩绿，落英错认舞衣鲜"诗意相似。另说，《落梅》，即《落梅花》，是一种曲调的名字。"舞落梅"，指在《落梅花》的曲调中起舞，正如李白"黄鹤楼中吹玉笛，江城五月落梅花"诗意。但，从"迷芳草""舞落梅"这样的对仗看，前说较长。

第三联，言元春如珠似玉的美好诗句，自应流传于盛世；元春这样的"神仙"自瑶台（仙人所居）下来，我等何幸！这样的颂歌，是很直露的，而末联"名园一自邀游赏，未许凡人到此来"，就更直露了，有似追捧。

此诗中一用"蓬莱"，二用"瑶台"，三用"神仙"，意在着力歌颂。然而，作者曹雪芹屡出这些虚无缥缈的意念化的词语，是否影射贾府是空中楼阁、贾府主要人物是空中楼阁中的影子？白居易《长恨歌》："忽闻海外有仙山，山在虚无缥缈间。"虚无缥缈留给人们的，只能是"长恨"。

此诗格调清新，显然比托名为探春写的那首"万象争辉"强多了。故有人怀疑"万象生辉"诗为李写，这首"文采风流"才是探春所写，"错简"了。李纨出身名门望族，自幼颇"诵读诗书"，且是大观园中诗社的领头人，也是知诗会诗的，然而历次诗会均不见她有诗作面世，不见庐山真面目；且小说中分明写着，"李纨也勉强凑成一律"。"精妙一时言不出，果然万物生光辉"这样的诗句，分明是"勉强凑成"的。而探春则不然。她在以后的历次诗会中，均有吟咏，且被称善，面对大观园，会"精妙一时言不出"吗？有待进一步考证。

文章造化

山水横拖千里外，楼台高起五云中①。
园修日月光辉里，景夺文章造化功②。

注释

① "山水"二句：上句极言地广，下句极写楼高。五云，五色云霞。隐以神宫仙府作比。白居易《长恨歌》："楼阁玲珑五云起，其中绰约多仙子。"

② "园修"二句：大观园修建于皇帝贵妃的恩泽荣光之中，风光景物有巧夺天工之奇。古代文人多以日月比皇帝。这首绝句全用对仗。

赏析

"文章造化"，言大观园错综艳丽的景物，是大自然创造化育出来的。文章，本指缤纷的色彩和花纹，古人称青、赤相配为文，赤、白相间为章。造化，指大自然的发展与力量。杜甫《望岳》"造化钟神秀，阴阳割昏晓"句中的"造化"，即用此意。

惜春诗，首句极言山川之宽广，横拖至千里之外。横，横亘；拖，延绵。次句极言楼台之高耸，屹立于五彩云霞之中，取白居易《长恨歌》"楼阁玲珑五云起"诗意。两句均系夸张，但对于万景皆备的大观园来说，这种夸张却确有现实感。

"园修日月光辉里"，写的是自然景色，却有寓意。古人常比皇帝为日月，园修成于"日月光辉里"，正是"天地启宏慈""古今重旷典"这个意思的另一种表述。正因为"园修日月光辉里"，才会"景夺文章造化功"。夺，压倒，超过。说大观园里的景物，超过了大自然所化育出来的景物，这是歌颂人工巧夺天工，亦即歌颂"日月光辉"的恩赐与力量。

脂批这首诗"便牵强"。但在元春归省那样的气氛中，不如此"牵强"地去应制、去颂圣，行吗？从不管身外事的惜春，其实是一位识时务者。

凝晖钟瑞①

芳园筑向帝城西②，华日祥云笼罩奇③。

高柳喜迁莺出谷④，修篁时待凤来仪⑤。

文风已著宸游夕⑥，孝化应隆归省时⑦。

睿藻仙才盈彩笔，自惭何敢再为辞⑧？

注 释

①凝晖钟瑞：光辉瑞象毕集于此的意思。晖，日光。瑞，吉兆。都是借以歌颂帝后的说法。钟，聚集。

②"芳园"句：以近帝居为荣。小说中设想的贾府在宫城的西面，加写元春归省时"忽见两个太监骑马缓缓而来，至西街门下了马"。

③"华日"句：说气象佳胜。喻所谓"体仁沐德"受皇帝的恩荣。这两句即额题之意。

④"高柳"句：喜庆莺从幽谷飞到高柳上去。喻元春出深闺进宫为妃。《诗·小雅·伐木》："伐木丁丁，鸟鸣嘤嘤，出自幽谷，迁于乔木。嘤其鸣矣，求其友声。"

⑤"修篁"句：时刻等待凤凰飞到竹林里来。喻元春归来省亲。传说凤凰食竹实，呈祥瑞。参见宝玉题"有凤来仪"注。篁，竹林。竹修长，所以称修竹、修篁。

⑥文风：指儒家所宣扬的君主提倡文学、重视礼乐的风气。这是从某些政治的意义上来说大观园赋诗一事。著，表现得显著。宸游，皇帝外出巡游。这里指元春省亲。帝居叫宸，贵妃亦可称宸妃。

⑦孝化：孔孟认为能做到孝悌，就不会"犯上作乱"。以后的一些君主就利用它作为维持国家宗法制度的道德基础，以此来规范人们的思想和行为，亦即所谓进行教化，所以称孝化。隆，发扬光大。归省，回家探亲。

⑧"睿藻"二句：睿，明智。这是古时候常用作吹捧帝王的字。藻，辞藻，泛指诗文。两句说：瞻仰了元春所题的才智非凡的联额和诗后，自惭才疏，不敢再措辞了。

赏 析

脂批云：迎春等人的"四诗列于前，正为渝托下韵也"这是说，作者以她们四人的平淡的诗句来烘托以下薛、林等人的诗作，"与众不同，非愚姊妹可同列者"（第十八回元春评语）。

宝钗这首七律，调动不少颂扬的词语，首联以"华日"在天、"祥云笼罩"等，来整体上描绘建在帝城西部的大观园。

次联写景，实是以"喜迁""时待"这样情感浓烈的词语，以"莺出谷""凤来仪"这样祥瑞的典故，来追捧元妃。

第三联，更直接地歌颂元妃省亲，文采风流已很显著，孝道已被光大；而且，这一联，推而广之，也可说在歌颂整个皇朝"文风已著""孝化应隆"。

末联进一步不顾实际，称颂元妃有"睿藻仙才"，她的诗、联中充盈着"彩笔"，言近阿谀。又言自己不敢"再为辞"，流露出诚惶诚恐的情绪。

这是典型的应制诗。脂批云："好诗。此不过颂圣应制耳，犹未见他长处，以后渐知。"虽然她赋诗的"长处"未显，但这首诗业已体现了宝钗的浓厚的封建伦理观念，凸显了她那"窈窕淑女"的形象。

世外仙源

名园筑何处^①？仙境别红尘^②。

借得山川秀，添来气象新^③。

香融金谷酒^④，花媚玉堂人^⑤。

何幸邀恩宠，宫车过往频^⑥。

注释

① "名园"句：程高本作"宸游增悦豫"，大大增加了颂圣的色彩。

②别红尘：不同于人间。别，区别。

③ "借得"二句：上句说诗歌从山川中借得秀丽。唐代张说到岳州后，诗写得更好了，人谓得江山助。下句说盛事使园林增添新气象。这一联有题咏、归省等人事，但字面上不说出，是一种技巧。

④融：融入，混和着。金谷酒——晋代石崇家有金谷园，曾宴宾客于园中，命赋诗，不成者罚酒三斗。李白《春夜宴桃李园序》："不有佳作，何伸雅怀？如诗不成，罚依金谷酒数。"这里借用典故说大观园中"大开筵宴"，命题赋诗。

⑤媚：对人献妩媚之态，拟人化写法。玉堂人：指元春。玉堂，妃嫔所居之处。《三辅

黄图》："未央宫有殿阁三十二，椒房、玉堂在其中。"《汉》中亦有"抑损椒房、玉堂之盛宠"的话。这一联用典、对仗都很讲究，而小说中偏说黛玉是"胡乱作"的，是为了突出人物的聪明。两句第一字点园景。

⑥ "何幸"二句：邀，叨受，幸蒙得到。以元春归省为幸事，所以说"邀恩宠"。来贾家路上宫车马队往来不绝的情景，小说中有描写。

赏析

　　黛玉此诗虽也写有"花媚玉堂人""何幸邀恩宠"这样颂扬元春的句子，这是她"实不足一为"而又不得不为的事情。诗的基调是在讴歌大观园这一"世外仙源"与"红尘"之有别。第二联"借得山川秀，添来景物新"，好一个"借"字！好一个"添"字！二句言大观园的山川比自然界的山川更秀，巧夺天工；然而，又似乎在暗示大观园的景物是人工穿凿的，正如宝玉所说："古人云'天然图画'四字，正畏非其地而强为地，非其山而强为山，虽百般精而终不相宜。"（第十七回）黛玉的心与宝玉是灵犀一点，但她聪慧，在"归省"这样严肃的场合，不会如宝玉那样"牛心""呆痴"。她用"借"用"添"这样含蓄的词，让大家去联想。庚辰本脂批此二句云："所谓'信手拈来无不是'，阿颦自是一种心思。"什么"心思"？

　　庚辰本脂砚斋还有一则批语："末二首（指薛、林二人之诗作），是应制诗。余谓宝、黛此作未见长，何也？盖后文别有惊人之句也。在宝卿，有生不屑为此，在黛卿，实不足一为。"这是说，从两首诗作看，宝钗、黛玉二人实未展其才。确是如此。黛玉这首诗，是她在《石头记》中登场后的第一首诗。她本安心趁元春命众人吟诗的机会，"大展奇才，将众人压倒"，可是元春"只命一匾一咏"，她不好"违谕多作，只胡乱作一首五言律应景罢了"（第十八回）。虽然是"胡乱"作的"应景"诗，依然有"借得山川秀，添来景物新"这样的佳句。这就为她后来的许多佳句的出现做了有力铺垫。这是一。二，"在黛卿实不足一为"，换句话说，即"胡乱作一首"。这表明黛玉对这种歌功颂德的应制之作，有一种潜在的厌恶感。

　　第三联转写人物盛多，超凡，有如在金谷，在玉堂。

　　末联"颂圣"，言因有元春之"恩宠"，大观园外从此有宫车频频往来。

有凤来仪

秀玉①初成实，堪宜②待凤凰。

竿竿青欲滴③，个个④绿生凉。

进砌妨阶水，穿帘碍鼎香⑤。

莫摇分碎影，好梦昼初长⑥。

注 释

①秀玉：喻竹。实，竹实。凤食竹实。

②堪宜：正适合。

③青欲滴：形容竹子色鲜。

④个个：竹叶像许多"个"字，叶绿荫浓则生凉。与明代刘基《种棘》诗"风条曲抽'乙'，雨叶细垂'个'"用法相同。《史记·货殖列传》："木千章，竹竿万个"的"个"，则作株解。

⑤"进砌"二句：倒装句法，即"妨阶水进砌，碍鼎香穿帘"。意谓竹林挡住绕阶的泉水迸溅到台阶上来，又使房中鼎炉上所焚的熏香气味不会穿过帘子散去。前一句即十七回所写"后院墙下忽开一隙，得泉一派，开沟尺许，灌入墙内，绕阶缘屋至前院，盘旋竹下而出"。后一句亦借陆游"重帘不卷留香久"诗意写竹。砌，台阶的边沿。妨，或作"防"，二字本通义，与"碍"互文。

⑥"莫摇"二句：意谓在此翠竹遮阴之下，正好舒适昼睡，希望竹子别因为有点风吹便动摇起来，使散乱的影子晃动于跟前，徒扰我好梦。潇湘馆后为黛玉所居，两句似有寓意。

赏 析

　　元春在归省之夜，道："且喜宝玉竟知题咏，是我意外之想。此中'潇湘馆''衡芜苑'二处，我所极爱，次之'怡红院''浣葛山庄'。此四大处，必别有章句题咏方妙。前所题之联虽佳，如今再各赋五言律一首，使我当面试过，方不负我自幼教授之苦心。"于是宝玉一连写了三首。

　　"有凤来仪"处，后来正式命名为潇湘馆。这里的景物特点，是竹子多。据说，凤凰以竹实为食。竹实是竹子所结的状如小麦的果实。宝玉的这首诗便是从凤凰食竹实这点切入的。

首联，直叙竹实初生，正待凤凰。秀玉：秀美的竹子。玉，是竹子的一种，名寒玉竹。食竹实，典出《庄子·秋水》：鹓雏"非梧桐不止，非练实不食"。练实，即竹实。另说，玉竹指光滑如玉的竹子。全联虽是直叙，却紧扣了题目"有凤来仪"四字，故脂批云："起便拿得住。"

次联，以"欲滴"形容竹之"青"，以"生凉"形容竹之"绿"，全是从人的感觉上着手。个个：状竹叶，因为竹叶像"个"字。《史记·货殖列传》："竹竿万个。"张守节《史记正义》："竹曰个。"

第三联，为了平仄合律，颠倒了词序，本为"防阶水逆砌，碍鼎香穿帘"，意即竹密可以防止阶下之水溅到台阶上，竹密可以阻碍鼎中之香穿过窗帘。两句全是从"竹密"上立意。

末联，希望风莫摇动竹林，致使竹影散碎，且打乱诗人昼寝时刚刚开始的长梦。也是从"竹"字上着手，写意念中的"竹风""竹影"，以及富贵闲人在竹林中的悠适生活。

本诗题为《有凤来仪》，引《尚书》成句。仪，指仪容，这里指凤凰飞舞的姿态优美。宝玉此诗只有"待凤凰"三字贴在题上，凤凰还没有来，尚在"待"，自然更无仪容。而题上分明有"来仪"字，"来仪"字在诗中落空了。写诗，虽然不能如此胶着，但也不能离题过远。故说此诗不是咏"有凤来仪"，倒是一首好的《咏竹》诗。作者为什么从凤凰食竹实这点切入，写成一首《咏竹》诗呢？一是他借大观园题咏的机会，着力介绍潇湘馆的自然环境；二是在宝玉奉命吟诗而大家都颂圣之时，不加入颂圣行列，初步显示出宝玉视官场为化外的性格；三是"好梦昼初长"，即是"白日做梦"，是不是隐喻贾府及贾府中人物（包括后来在这里居住的林黛玉）的"好梦"正开始？

蘅芷清芬

蘅芜满静苑，萝薜助芬芳①。

软衬三春早，柔拖一缕香②。

轻烟迷曲径，冷翠滴回廊③。

谁谓池塘曲，谢家幽梦长④。

注释

①蘅芜：香草。萝薜：藤萝，薜荔。十七回："这众草中也有藤萝、薜荔，那香的是杜若、蘅芜。"苑，园林。

②软衬、柔拖：蘅芜院的异草香花以牵藤引蔓为多，所以用"软""柔"。写色用"衬"，写香用"拖"。

③轻烟：喻藤蔓延生萦绕的样子，如女萝亦称烟萝。冷翠，指花草上的露水。迷曲径、滴回廊：因为这些植物"或垂山岭，或穿石隙，甚至垂檐绕柱、萦砌盘阶"，所以这样写。高鹗或者别的什么人大概未注意"垂檐绕柱"等描写，以为"滴回廊"不合情理，改成"湿衣裳"，虽有王维《山中》诗"山路原无雨，空翠湿人衣"可作依据，但这里毕竟不是在写山行，且"衣"和"曲"也对不起来。

④"谁谓"二句：谁说只有写过"池塘生春草"名句的谢灵运才有触发诗兴的好梦呢！用南朝诗人谢灵运梦见其族弟谢惠连而得到佳句的典故。《诗品》引《谢氏家录》："康乐（谢灵运曾袭封康乐公）每对惠连，辄得佳语。后在永嘉西堂，思诗竟日不就。寤寐间忽见惠连，即成'池塘生春草'。故尝云：'此语有神助，非吾语也。'"

赏析

首联直叙苑中花草之多之香。"满"字，见蘅芜苑中蘅芜、萝薜等香草之多；"助"字，见苑中芳香之浓，萝薜只是"助"香而已。脂批云："'助'字妙！通部书所以皆善练字。"这是确评。

颔联写各种"异草"之"软"与"柔"，以"三春草"之软衬托蘅芜、萝薜之软，以"一缕香"说明香是蘅芜、萝薜这些藤类植物"拖"出来的。

颈联，谓蔓生缠萦的芳草，如轻烟，弥漫于曲径间，芳草翠叶上冰冷的露水滴在回廊上。蘅芜院的景物特点是：异草多，"或有牵藤的，或有引蔓的，或垂山巅，或穿石隙，甚至垂檐绕柱、萦砌盘阶"，"两边俱是抄手游廊"（第十七回）。两句写实景，却从"烟迷""翠滴"的想象中下手，构成了一幅颇素淡颇冷漠的画面。

尾联用典。梁人钟嵘《诗品》云："康乐每对惠连，辄得佳语。后在永嘉西堂，诗思竟日不就，寤寐间忽见惠连，即成'池塘生春草'。故尝云：'此语有神助，非我语也。'"康乐，是谢灵运的封号；惠连，是他的族弟；"池塘生春草"，是谢灵运《登池上楼》中的诗句，自然清新，历来被视为佳句。宝玉诗的末二句认为，谁说"池塘生春草"这样的句子，只有谢灵运能得之于梦乡？"幽梦长"，表示在"蘅芷清芬"这样的住处，可以在梦中吟出许多好诗来。用典，还是归结到赞美"蘅芷清芬"这一旨意上来。

上首结句"好梦昼初长"，此首结句"谢家幽梦长"，两用"梦长"，曹雪芹的寓意，实是呼之欲出了。

怡红快绿

深庭长日静，两两①出婵娟②。

绿蜡③春犹卷，红妆④夜未眠。

凭栏垂绛袖⑤，倚石护青烟⑥。

对立东风里，主人应解怜。

注 释

①两两：指芭蕉与海棠。

②婵娟：美好的样子。

③绿蜡：翠烛，比喻卷着叶子的芭蕉。

④红妆：比喻海棠。苏轼《海棠诗》："只恐夜深花睡去，故烧高烛照红妆。"

⑤绛袖：喻海棠。刘说在《欧园海棠诗》中道："玉肤柔薄绛袖寒。"

⑥青烟：指芭蕉。古人多以云烟或烟雨喻芭蕉，如"当空炎日障，倚槛碧云流"（徐茂吴《芭蕉》）；"风流不把花为主，多情管定烟和雨"（张金兹《菩萨蛮·芭蕉》）。

赏 析

"怡红快绿"处，被命名为"怡红院"。此处，入头门后的院中，"点缀几块山石，一边种着几本芭蕉；那边乃是一棵西府海棠，其势若伞，丝垂翠缕，葩吐丹砂"。宝玉对他父亲和众清客道："此处蕉、棠两植，其意暗蓄'红、绿'二字在内。"又说："依我题'红香绿玉'四字，两全其妙。"（第十七回）后元春改为"怡红快绿"。"怡""快"是形容词，但在这里用如动词，即"红"的海棠使人喜悦，"绿"的芭蕉使人愉快，因为"红、绿"相配，染成一种炽烈的色彩。

宝玉诗，全是从"红、绿"二字上着笔，所以说在这"长日静"的深院里，"两两出婵娟"（婵娟，美好的样子），把"棠"和"蕉"都说到了。脂批称此为"双起法"。

颔联分述。第三句写蕉，形容蕉为"绿蜡"。这是借用唐人钱翊《未展芭蕉》"冷烛无烟绿蜡干，芳心犹卷怯春寒。一缄书札藏何事，会被东风暗拆看"的诗意。第四句写棠，形容棠为"红妆"。这是借用宋人苏轼《海棠》"只恐深夜花睡去，故烧高烛照红妆"的诗意。"春犹卷""夜未眠"，均是用拟人法，谓蕉叶在春天尚在展开、海棠在晚间仍未入睡。

第三联出句写棠之红，故言"绛袖"；对句写蕉之绿，犹如"青烟"。又拟人，说它们在"凭栏、倚石"，如人正"垂"袖，人在"护"烟。

第四联，"对立东风里"，言蕉、棠"对立"在东风里。这是"双收法"。"主人应解怜"，脂批云："归到主人，方不落空。"蕉、棠两植，如此之美妙，主人当然会爱惜的。主人是谁？后来便是入居怡红院的宝玉，他的性格特点正是怡红快绿。

杏帘在望

杏帘招客饮，在望有山庄①。
菱荇鹅儿水，桑榆燕子梁②。
一畦春韭绿，十里稻花香③。
盛世无饥馁，何须耕织忙④。

注释

① "杏帘"二句：帘，酒店做标志的旗帜。"杏帘"从唐诗"红杏梢头挂酒旗"来，见前

宝玉题额注。招，说帘飘如招手。这一联分题目为两句，浑成一气，以下六句即从"客"的所见所感来写。

② "菱荇"二句：种着菱荇的湖水是鹅儿戏水的地方，桑树榆树的枝叶正是燕子筑巢用的屋梁。荇，荇菜，水生，嫩叶可食。没有语法上通常构成谓语所需要的动词或形容词，全用名词组合，是"鹅声茅店月"句法。成群戏水、衔泥穿树等，不须费辞，已在想象之中。

③ "一畦"二句：田园中划分成块的种植地。书中说元春看了诗后"遂将'浣葛山庄'改为'稻香村'"，但"稻香村"之名本前宝玉所拟，当时曾遭贾政"一声断喝"斥之为胡说，现在一经贵妃娘娘说好，"贾政等看了都称颂不已"。

④ "盛世"二句：大观园中虽有点缀景色的田庄，而无耕织之事，所以诗歌顺水推舟说，有田庄而无人耕织不必奇怪，现在不是太平盛世吗？既然没有饿肚皮的人，又何用忙忙碌碌地耕织呢？

赏析

正在宝玉"独作四律"，可能有"精神不到之处"的时候，黛玉"低头一想，早已吟成一律"，作为宝玉的作品交给了元春。元春说，这首为宝玉所作四首之冠。可见她这位"枪手"诗思之敏捷。

此诗从"客"的视角描绘了一幅清新自然的田园画。红杏枝头，酒旗飘飘；杏花如火，山庄清幽；鹅儿戏水，燕子穿梭；春韭绿意盎然，稻花香飘十里。闲逸的风景让人不禁感叹：太平盛世，人人安乐，又何必忙忙碌碌地耕织呢？

这首诗的写作技巧很值得称道。题目"杏帘在望"四字自然巧妙地嵌在首联两句。颔联两句全部用名词：菱荇、鹅儿、水、桑榆、燕子、梁，呈现出来的却是一个欢快的动感画面。颈联两句如同诗人面对田间风景信手拈来，现成而自然。

元春对此诗大加赞赏，将山庄定名为"稻香村"。

第二十一回

嘲宝玉续《庄子》文

无端弄笔是何人①？作践南华庄子文②。

不悔自家无见识，却将丑语诋他人③！

注 释

①无端：无缘无故。弄笔：指执笔写字、为文、作画。
②作践：糟蹋。今通行本作"剿袭"，宝玉是明续，不是暗偷，所以以"作践"为好。
　南华：《庄子》又称《南华经》。
③丑语：恶语，难听的话。诋：诋毁，诽谤。

赏 析

　　黛玉见到宝玉的续《庄子》文以后，"不觉又气又笑"。气的是，宝玉要"焚花散麝"，要"戕宝钗之仙姿"，要"灰黛玉之灵窍"；更气宝玉"不悔自己无见识，却将丑语怪他人"。笑的是，宝玉"无端弄笔"，"作践南华《庄子因》"。《庄子因》是清人林云铭注释《庄子》的著作，当是带有《庄子》原文的。也许宝玉读的就是《庄子因》，他的续文就写在这本书上，或在别的纸上。黛玉骂宝玉"作践"了《庄子因》的原文。

　　黛玉如此写诗骂宝玉，其实并不是真骂。宝玉的续文是"趁着酒兴"的戏作，黛玉的诗也是"又气又笑"时的戏笔。但假中藏真。真，在宝玉，就是不信袭人的劝告，去遵循封建的"分寸礼节"；在黛玉，就是同情和赞赏宝玉不遵循封建的"分寸礼节"。宝玉"泛爱"，何况袭人、麝月本是他最亲近的人？宝钗的"仙姿"、黛玉的"灵窍"，更让他倾心。他写的"彼钗、玉、花、麝者，皆张其罗而穴其隧，所以迷眩缠陷天下者也"完全是正话反说。黛玉诗批评他"无见识""丑语怪他人"云云，也是正话反说。庚辰本脂批云："骂得痛快！非颦儿不可。真好颦儿，真好颦儿！好诗！若云知音者，颦儿也。"

第二十二回

参禅[1]偈

你证我证[2]，心证意证。
是无有证，斯可云证。
无可云证，是立足境。
无立足境，是方干净[3]。

注释

①参禅：佛教禅宗的修行方法，即习禅者集中精神参究禅理，以求“顿悟”。
②证：印证，证验，实验而有所得。在佛教用语中又作领悟、修成解。
③干净：禅宗与其他佛教派别不同，以为终日诵经静坐并不能成佛，丢掉邪念，顿悟到内心本自清净，即可成佛。

赏析

史湘云口快，说出演戏的孩子“倒像林妹妹的模样儿”。宝玉怕黛玉恼，马上使眼色，结果惹恼了湘云。宝玉忙去解释，又被黛玉听到，也向宝玉发脾气。宝玉两面受气，觉得庄子的消极无为的思想有道理，联想到自己也如《寄生草》曲中所说“赤条条，来去无牵挂”，十分颓丧，便参究禅理，题了一偈和下面一支《寄生草》曲。第二天黛玉看了，说偈末二句“还未尽善”，便又续了两句。

宝钗就引惠能作偈而承师位的故事，说黛玉的偈语方是悟彻，笑宝玉愚钝，以此阻止他参禅。

《参禅偈》四句乍看似不知所云，好似文字游戏，细细品味后，则别有深意。全文意思是说：彼此想从对方的身上得到感情的印证，内心在寻找证明，表情达意也为了获得证明。无求于身外，不要证验，才谈得上参悟禅机，证得上乘。到万境归空无证验可言时，才算找到了安身立命之境。只有把安身立命的境界抛弃了，这样才是彻底地干净了。

《参禅偈》中宝玉所作和黛玉所续，既是禅理，也是谶语。后来，宝玉流落在外，讯息杳不可闻，以至他最终"悬崖撒手"，与世缘断绝，都应了"无可云证"的话；而黛玉所说的"无立足境"，则是为她泪尽夭亡作谶。这些地方，都可以看出禅宗的宗教思想对曹雪芹侵蚀之深。关于曹雪芹对禅宗思想的理解，可参考书中所举的《弘忍弟子所作二偈》。其一是神秀所作偈语："身是菩提树，心如明镜台。时时勤拂拭，勿使惹尘埃。"其二是惠能所作偈语："菩提本非树，明镜亦非台。本来无一物，何处惹尘埃？"

寄生草·解偈

无我原非你，从他不解伊①。肆行②无碍凭来去，茫茫着甚悲愁喜③？纷纷说甚亲疏密？从前碌碌④却因何？到如今，回头试想真无趣！

注 释

①从他：任凭她（指湘云）。伊：她（指黛玉）。
②肆行：随心而行，我行我素。
③茫茫：指人生渺茫。这是消极悲观的虚无主义人生观。着甚：干什么，何用。
④碌碌：宝玉体贴姊妹丫头，忙着替别人操心，宝钗为他取绰号为"无事忙"。

赏析

　　宝玉写完偈子，"虽自解悟，又恐人看此不解"，接着写了首《寄生草》，放在偈子后。宝玉写偈写曲，并不是真有什么禅悟，连黛玉也看出是"宝玉一时感而作，不觉可笑可叹"。脂砚斋从另一个角度批评宝玉说："自悟则自了，又何用人亦解哉？此不是犹未正觉大悟也？"

　　宝玉《寄生草》的特点，是联系自己的情感经历来写，把自己摆了进去。

　　首二句指出：既然"无我"，也就根本没有"你"，管"他"什么理不理解"她"！这话的意思，正与宝玉与袭人谈话时说的一致："他还不还，管谁什么相干！""他们娘儿们、姊妹们欢喜不欢喜，也与我无干！"这里，"从他不解伊"，依然是赌气，不存在什么"自责自悔"。

　　故曲子接着说，我宝玉欲随心肆行，无所阻拦，任凭自己如何来如何去。一番要摆脱纠葛、摆脱烦恼的愿望，跃然纸上。然而现实却远不能如愿，世事茫茫，人事纷纷。在这种情况下，为什么还要去"悲愁喜"？为什么还说什么"亲疏密"？从前，忙忙碌碌，今天关心这，明天惦念那，到底是因为什么？如今，回首往事，"真无趣"！

　　《寄生草》是宝玉在碰壁苦恼时，从佛、老思想中去寻求解脱，希望"赤条条来去无牵挂"的心路历程的真实记录。宝钗说："这些道书禅机，最能移性。"把宝玉写的扯碎烧掉。其实宝钗的担心是多余的。宝玉写偈填曲，不过"一时感忿"，他怎能顿然解脱！矛盾是时时处处存在的，逃避不是解决矛盾的途径。宝玉也并不是真的要摆脱"我、你、伊"。

贾环灯谜

大哥有角只八个①，二哥有角只两根。
大哥只在床上坐，二哥爱在房上蹲。

注 释

①有角只八个：古人枕头两端是方形的，所以共有八个角。

赏 析

元春制灯谜命人拿回大观园让众人猜，同时也让众人制了灯谜送回宫去。贾环没有猜到元春的谜，自己送过去的那个灯谜也被太监带了回来，说是"三爷所作这个不通，娘娘也没猜，叫我带回问三爷是什么"。众人看罢他的灯谜皆笑了，贾环非常窘迫。根据贾环所说，他这个灯谜的谜底，一为枕头，一为房脊上面的兽头。

通过这个灯谜，不但可以看出贾环的才学平庸，还可看出作者卓越的模拟本领以及风趣幽默的笔调。

贾政灯谜

身自端方，体自坚硬。
虽不能言，有言必①应。

注 释

①必：谐音"笔"。

赏 析

此灯谜的谜底为砚台。贾政读出灯谜后，马上将谜底告知宝玉，并暗示宝玉告知贾母，因此贾母一"猜"就中。

这个灯谜与贾政的身份及性格十分相符。在贾家第三代里，贾政算得上是一个比较出众的人物。他为人公正刚直，恪守"忠孝"之道，可谓"身自端方"，他认真谨慎地保护着这一贵族大家庭的荣誉、名声及地位，是贾家最后的支撑力量。但恰恰由于他是这样一个人，因此对宝玉这个"不求上进"的"混世魔王"管束教导得非常严格，对宝玉"叛逆"的言行举止也极端厌恶。而对于贾家的日渐衰落，他虽然想要尽力补救，却已经是心有余而力不足了。

元春灯谜

能使妖魔胆尽摧，身如束帛①气②如雷。

一声震得人心恐，回首相看已化灰。

注释

①身如束帛：形容爆竹像一束卷起来的绢帛，在此又用来形容女子的美好身材。
②气：声气，气势。在此以爆竹的气势比喻元春晋封后的煊赫。

赏析

这首灯谜的谜底是爆竹，暗喻了元春的命运如同爆竹，虽然显赫一时，却转瞬即逝。

爆竹是人们用来驱逐妖魔鬼怪的东西，所以它"能使妖魔胆尽摧"。这里的"妖魔"是指贾府的政治对立面。元春晋封为贵妃后，贾府成为皇亲国戚，声势达到了顶峰。元春也身价百倍，回府省亲的气势和排场令人艳羡。这些自然会使贾府的政治对头"胆尽摧"。然而，这一切不过是"瞬息的繁华，一时的欢乐"，转眼间元春就在"虎兕相逢"之时"大梦归"了，贾府也迅速败落，炙手可热的声威、富贵就如同爆竹一样转瞬间灰飞烟灭了。

在《恨无常》中，元春托梦劝父亲"须要退步抽身早"，这说明元春的死和政治斗争失利密切相关。脂砚斋说元春之死是"通部书之大过节、大关键"，只可惜高鹗续书并无体现，只是说元春因"圣眷隆重，身体发福"，"偶感风寒"，不治而逝。

迎春灯谜

天运人功理不穷①，有功无运也难逢②。
因何镇日③纷纷乱？只为阴阳数不同④。

注 释

①天运：算盘上的子或碰在一起，或分离，在没有计算出"数"之前，谁也不知它是离是合，要看注定的结果是什么，所以叫"天运"。人功：算盘上的子要靠人手去拨，所以说"人功"。理不穷：结局明明是人拨出来的，但又不随人的意志、不为人所预知，这道理很难懂得，所以说"理不穷"。

②此句意为如果"数"中注定两子相离，任你怎么拨算也是不会相逢的。这里的双关含义十分明显。

③镇日：整天。镇：通"整"。

④阴阳：指奇数偶数，泛指数字。每次运算的数字既不一样，算盘子所代表的一、五、十等数字又不相同，这就难怪进退上下，乘除加减，整天纷纷不止了。"阴阳"另一义可指男女、夫妻。"数"的另一义就是命运，命不好也叫"数奇"。

赏 析

　　这首灯谜的谜底是算盘，隐喻了迎春误嫁中山狼，受尽凌辱，最终被折磨致死的悲惨遭遇。

　　前两句写迎春婚配的"天运"与"人功"。要想用算盘算出数字，需要靠人的手指去操作，但两个珠子是合还是离，在没有计算出结果前谁也不知道。所以算盘算出的结果既需要人的拨弄，又不以人的意志为转移，不是人所能预知的——是谓"天运人功理不穷"。贾赦为迎春选择孙绍祖，是因其"相貌魁梧，身体健壮，弓马娴熟，应酬权变"，且"家资饶富"，看似"人品家当都相称合"。贾赦择婿的"人功"似乎不错，可"天运"如何呢？"有功无运也难逢"，迎春的婚姻有贾赦的"人功"操弄，却无"天运"的眷顾。孙绍祖是"中山狼，无情兽"，全然不顾贾府当年对其祖上的恩情，视迎春如"蒲柳"，迎春所嫁不得其人，所以说是"难逢"。

　　最后两句是借算珠被拨动乱如麻，来描摹迎春婚后的纷乱生活和她对自己不幸婚姻的无奈。自迎春嫁入孙府，未得一日安宁，孙绍祖好色、好赌、酗酒，且不容迎春劝诫，对她非打即骂，更明言贾赦用了他五千两银子，把迎春折卖给了孙绍祖。贾赦的贪婪无耻在此暴露无遗，他那貌似不错的"人功"也露出了真面目。迎春婚后不到一年便含恨去世，而她并没有找到自己婚姻不幸的根本原因，只能无奈地将其归结为阴阳向背、命数不同。

探春灯谜

阶下儿童仰面①时，清明妆点最堪宜②。
游丝一断浑无力③，莫向东风怨别离。

注 释

①仰面：指抬头看风筝。
②此句意思是说：春季多持续定向的东风，是最适宜放风筝的时候。妆点：指点缀清明佳节。
③游丝：本指春天飘荡在空中的飞丝，由昆虫吐出，这里是说拉住风筝的线。浑：全。

赏 析

这首灯谜诗的谜底是风筝。风筝是探春命运的象征，书中数次提及：在第五回里，她判词前的配画上画着两个人放风筝；在第七十回中，探春的凤凰风筝与另一个凤凰风筝缠在一起，后又被一个喜字风筝缠住，三个风筝一起远去。

灯谜首句是写放风筝时人们仰面看飘荡在空中的风筝，暗喻着探春远嫁时，贾府亲人们目送她渐行渐远。这一句与判词中"清明涕送江边望"同义。第二句写清明时节是放风筝的最好时光，预示着探春是在清明时节远嫁，与"清明涕送"相吻合。

灯谜最后两句是说探春将如断线的风筝一样一去不复返。在第六十三回里，群芳开夜宴时，大家抽签占花名，探春抽到的是杏花，签上诗云"日边红杏倚云栽"。大家笑道："我们家已经有了一个王妃，难道你也是王妃不成。""凤凰风筝"和"日边红杏"都预示着探春将成为王妃，但种种迹象表明她嫁的绝不是域内某位王爷，否则她的判词、《分骨肉》曲子、灯谜等都不会充满哀怨。她的远嫁极可能类似王昭君的和亲性质，她将和王昭君一样一去不复返，所以才会有"游丝一断浑无力，莫向东风怨别离""千里东风一梦遥""恐哭损残年""万里寒云雁阵迟"等充满幽怨的句子。

惜春灯谜

前身色相总无成^①，不听菱歌^②听佛经。
莫道此身沉黑海^③，性中自有大光明^④。

注 释

①色相：佛教名词，指一切事物的形状外貌，旧时亦用以指女子的声容相貌，这里是借灯说人，把人的空有姿色、不能享受欢乐归于前世宿缘。佛前海灯即长明灯，供于寺庙佛像前，灯内大量贮油，中燃一焰，长年不灭。从灯的堂皇外表（色相）来看，好像本该与其他灯一样用于繁华行乐之处，现在偏偏相反，所以这样说。

②不听菱歌：看破红尘之意。菱歌，乐府诗中的菱歌莲曲多唱男女爱情。

③沉黑海：入佛门表示永远与人间荣华欢乐隔绝，在世人看来，这无异于沉入到看不见一丝光明的海底。海灯悬于寂静孤凄的佛殿，外观也并不明亮，所以这样说。"黑海"，戚序本作"墨海"。墨海是砚的代称。

④此句意思是：海灯看似暗淡无光，内中自有光焰在。借以作宗教的说教。性：佛家认为人的自身中本来存在着一种所谓永恒不变的"性"，问题在于能不能觉悟到并保持住它。这是赤裸裸的唯心主义宣传。大光明：又指佛。

赏析

这是贾惜春的灯谜，谜底是佛前海灯。此首在梦觉主人序本《红楼梦》（简称甲辰本）、梦稿本、程高本中被删去。戚序本上狄葆贤曾作眉批说："惜春一谜是书中要旨，今本删去，谬极。"今据庚辰、戚序诸本。

海灯是点在寺庙里佛像前的长明灯，隐喻惜春出家为尼。这里是借灯说人，把人的空有姿色、不能享受欢乐归于前世宿缘。海灯悬于寂静孤凄的佛殿，外观也并不明亮，所以说"此生沉黑海"。在这首谜诗中，作者虽然借用了一些佛教语，如"色相""性"等，但其用意显然并不在于劝人信佛，也不过是预示惜春的归宿而已。从她同样被归于"薄命司"之列并在判词中说她"可怜"来看，"性中自有大光明"之说，至多也只是拟写惜春将来前途绝望时自身的念头。

对惜春将来出家为尼，作者充满悲悯、同情。出家修行，可以成佛作祖，永生不死，这不是绝大的好事吗？可是从古至今有几个人真正相信？那不过是自欺欺人的一种精神安慰而已。"性中自有大光明"是带有苦涩味道的解嘲的话；"听佛经""沉黑海"等句才见作者的真情。试看前面判词："可怜绣户侯门女，独卧青灯古佛旁"，写得多么惨淡凄凉。

难怪站在维护大家庭利益的立场上的脂砚斋在读此诗谜时，联想到曹雪芹后半部原稿中所写的惜春为尼的悲惨结局，禁不住叹息道："公府千金至缁衣乞食，岂不悲夫！"（庚辰本）实际上，她确实沉入了一点"光明"也见不到的"黑海"之中。

宝钗灯谜

朝罢谁携两袖烟①？琴边衾里②总无缘。
晓筹不用鸡人报③，五夜无烦侍女添④。
焦首⑤朝朝还暮暮，煎心⑥日日复年年。
光阴荏苒须当惜，风雨阴晴任变迁⑦。

注 释

①两袖烟：等于说两袖风、两手空。此句意思是说早朝回来衣袖上尚有宫中的炉香味。谜外寓有荣华过后一无所得的意思。

②琴边衾里：指夫妻关系。以夜里同寝、白天弹琴表示亲近和乐。

③晓筹：早晨的时刻。筹：指古代计时报时用的竹签。鸡人：古代宫中掌管时间的卫士。

④五夜：即五更。古代计时，将一夜时间五等分，叫五夜、五更或五鼓。无烦侍女添：炉香要加添香料，更香只要点上就是了。

⑤焦首：香是从头上点燃的，所以说焦首。喻人的苦恼，俗语所谓"焦头烂额"。

⑥煎心：棒香有心，盘香由外往内烧，所以说煎心。也喻人的内心受煎熬。

⑦荏苒（rěn rǎn）：时光渐渐过去。须当：应当。此两句意思是说：更香同风雨阴晴的变化无关，却随着时间的消逝，不断地消耗着自己。

赏 析

　　这是薛宝钗的灯谜，后人改为林黛玉，谜底是更香。从早期脂本都止于惜春之谜、畸笏叟特记下这首诗并批明"此回未补成而芹逝矣"等情况来看，这首诗很可能是作者生前在《红楼梦》稿中的绝笔。

　　更香是一种可用以计时的香。夜间打更报时者燃此香以定时，或一炷为一更，或视香上的记号以定更数。细细体会谜语字里行间的隐义，就不难看出，这是作者借以暗示薛宝钗的结局。她在丈夫出家为僧后，将过着冷落孤凄、终生愁恨的孀居生活。后来续补者将这首诗谜的所有权给了林黛玉，大概以为宝钗既与宝玉结了亲，就不应说"琴边衾里总无缘"，倒不如用以指黛玉更像。

　　这首诗句句说的是更香，又句句在说人。"琴边衾里总无缘"，是说黛玉和宝玉没有夫妻恩爱的情分，白白地恋爱一场。"晓筹不用鸡人报"，似乎有写黛玉忧思不眠之意。第七十六回写湘云去潇湘馆过夜，湘、黛二人同时失眠，黛玉说："我这睡不着也并非今日，大约一年之中通共也只好睡十夜满足的。""焦首朝朝还暮暮，煎心日日复年年"，黛玉多病、多愁、多泪，焦首煎心，日日年年，正是她的特点。"光阴荏苒须当惜，风雨阴晴任变迁"，最后两句是同情怜惜的话：要珍惜青春的时光，周围生活中的风雨阴晴、是非纠葛任它去，不要挂在心上。

　　这类诗，说谜语是很巧的谜语；丢开谜底去欣赏，就是很有味道的诗。其实，作者本意是指终至于"金玉成空"。黛玉病魔缠身，又多愁善感，中间两联似乎也用得上。黛玉短命夭折，当然应惜华年，所以与"光阴"句也可适合。至于末句，既有"风雨阴晴""变迁"等字眼可表示变故，只要不执着于一个"任"字，倒也含混得过去。在原稿残缺、又不能苛求续补者也具备曹雪芹同等才情的情况下，把这首做得很巧妙的谜诗归属于聪明灵巧的林黛玉，只要勉强可解，也并没有什么不好，是符合一般读者心意的。但作为读者来说，知道它原非黛玉之谜则很有必要，它至少再一次证明宝钗最后并没有获得什么精神安慰。可见，续书中写薛宝钗得了"贵子"，将来还振兴家业等，纯属痴人说梦。

第二十三回

春夜即事

霞绡云幄①任铺陈，隔巷蟆更②听未真。

枕上轻寒窗外雨，眼前春色③梦中人。

盈盈烛泪因谁泣，点点花愁为我嗔。

自是小鬟④娇懒惯，拥衾不耐笑言频。

注 释

①霞绡（xiāo）：美艳轻柔的丝织物；亦以形容景物；像薄绸一样的红霞。云幄（wò）：轻柔飘洒似云雾的帷幄。也指云雾似的四合帷幕，状如宫室，借指殿廷。

②蟆（má）更：也叫虾蟆更，夜里打梆子报时间的声音。真：真切，清楚。

③春色：喻说人事，不是实写。

④自是：本是。小鬟：年纪小的丫头。

赏 析

　　曹雪芹将《春夜即事》写在了《红楼梦》第二十三回，是贾宝玉所作的四首即事诗的第一首。

　　贾宝玉的《春夜即事》，首联写景，一实一虚，但都注意从景中出人，反映人的生活情况。第一句写室内实景，"霞绡云幄"，从质地、颜色上点出室内陈设的富丽华贵。云霞般灿烂轻软的丝衾帷幕却随意地铺陈在那里，反映出它的主人并未就寝。第二句是虚景。更声隔巷传来，所以"听未真"——听不大清楚。这也反映出人一直未寝。那么他在干什么呢？诗自然引入下一联。

颔联在春景衬托下引出人。此人卧床而未睡，听窗外雨声，觉春之轻寒，于是眼前浮起春色无限。无限春色，却又勾起对"梦中人"——魂牵梦绕的意中人的思念。一步步引出了此诗所要表现的中心。

因有思念"梦中人"这一点情在，以我之情观物，物亦带上我之色彩。颈联写所见的事物，都融入我的感情。"盈盈烛泪"和"点点花愁"都被化作"梦中人"的特定情态。实际上这两句是林黛玉的写照。不愧是"梦中人"的知音，"梦中人"的写照确实抓住了她那多愁善感、爱哭多嗔的性格特点。诗句中透出宝玉刚步入爱情领地时带点轻愁的微妙心理。

末联描写生活细节并就此作结。年小的丫鬟平日就被宠娇了、懒惯了，此刻她们又戏耍打闹起来，笑语频喧。而宝玉却还在计较"梦中人"黛玉的哭泣和她对自己的嗔怪，心绪烦乱，于是将被头一拉捂住了头，诗也就以这一富有生活情趣的细节结束。

《春夜即事》通过对一个春夜生活的铺写，表现了宝玉步入爱情时的微妙心理，从一个侧面反映了贾宝玉与林黛玉正在发展中的爱情关系。全诗的描写比较细腻，尤其是最后以日常生活中的细节入诗，使诗富于生活情趣。

夏夜即事

倦绣佳人幽梦长①，金笼鹦鹉唤茶汤。
窗明麝月开宫镜②，室霭檀云品御香③。
琥珀杯倾荷露滑④，玻璃槛纳柳风凉⑤。
水亭处处齐纨动⑥，窗卷朱楼罢晚妆。

注 释

①幽梦：深沉的睡梦。引申为好梦、香梦。
②麝月：徐陵《玉台新咏序》："麝月共嫦娥竞爽。"指月亮，又"麝"与"射"谐音。
③檀云：香云、香雾，因檀木是香料，故称。品：品评、赏鉴，这里引申为点燃。御香：宫中所用之香，也泛指贵重香料。
④琥珀：松脂化石，半透明。这里指琥珀色。荷露：酒以花露名，见《通俗编》。滑：指酒味醇美。
⑤玻璃：一种碧绿有光泽的矿物，汉代即有此名，与现在的玻璃不同。
⑥齐纨：细白的薄纱绸，古代齐国风行穿纨绮，所以叫"齐纨"。这里指小姐、丫鬟们的衣衫裙裾。或以为是指纨扇，亦可。但诗写清幽，不写闷热。

赏 析

　　《夏夜即事》的描写撩开了大观园女儿夏日生活的一角：姐妹们或是伴着鹦鹉描鸾刺凤，倦息了就慵懒地睡下，或是点上御香揽镜上妆，或是在水边槛内纳着凉喝酒斗趣。贾宝玉在表现这些生活内容时着意地渲染了这种生活的安闲舒适。如颔联中写到的镜和香。小姐们用的镜是"宫镜"，点的香是"御香"。从写法上看，这是点法。接着作者又从效果上来写，揭开宫镜令满室生辉如同明月照窗，点上御香就满室异香好像檀云绕室。这是染法。点法染法熔于一炉。经作者的点染，贵族之家的富贵和小姐气派就表现出来了。再如颈联，作者运用了联想的修辞手法。"琥珀杯倾荷露滑，玻璃槛纳柳风凉"。这里提到的生活用品都极其名贵，这也从一个侧面反映了贵族之家的气派。"荷露""柳风"又都是夏天实景，可以诱发荷翻露珠似倾杯，垂柳成行如栏杆的联想，让读者更能充分地领会句中所表达的生活的舒适惬意。

　　贾宝玉还有意将贾府的四个丫头的名字（麝月、檀云、琥珀、玻璃）嵌入诗内，使诗所表现的生活更有大观园的特点。

秋夜即事

绛芸轩①里绝喧哗，桂魄流光浸茜纱②。

苔锁石纹容睡鹤③，井飘桐露湿栖鸦④。

抱衾婢至舒金凤⑤，倚槛人归落翠花⑥。

静夜不眠因酒渴⑦，沉烟重拨索烹茶⑧。

注释

①绛芸轩：贾宝玉的住室名。

②桂魄：月亮。茜（xī）纱：染色丝织品的一种，这里指窗纱。

③"苔锁"句：石上裂缝皱纹都被厚厚的青苔盖满，变得柔软平滑，可以让鹤憩息了。

④"井飘"句：井栏上桐叶飘落，栖鸦为秋露所湿。有夜深时久之意。

⑤金凤：指有金凤图案的被褥。

⑥倚槛：写望月的情怀。落：卸下。翠花：首饰，翡翠之类镶嵌的簪花。诗中常以落翠遗簪写富家小姐的闲散奢靡，如"长乐晓钟归骑后，遗簪落翠满街中"。小说初稿中曾写过秦可卿"遗簪"的情节，后删去。有人解"落"为"卸下"，亦可通。

⑦酒渴：酒后口渴。

⑧沉烟：指炉中的深灰余火。索：索取，要求。

赏析

    从诗中可以窥到大观园的生活。《秋夜即事》从宝玉的感觉中反映出，这是一种恬静、平和的生活，这里没有喧哗，没有杂事的烦扰，一切都是那么的恬静、优雅。

    环境描写体现了这一点。"桂魄流光浸茜纱"，月光如水浸透了红色窗纱，这是恬静的意境。"苔锁石纹容睡鹤，井飘桐露湿栖鸦"。院中的假山石，裂缝皱纹被厚厚的青苔盖满了，柔软高雅，招来了仙鹤在那上面憩息；井栏上桐叶飘落，叶上秋露沾湿了树上栖止的乌鸦。这环境不仅恬静，而且高雅，凡尘不到。

    诗中描写的人的生活情景也体现了这一点。"抱衾婢至舒金凤，倚槛人归落翠花。"上句暗用了《西厢记》红娘抱衾而至的故事，但这里不是表现人物如同张生当时所产生的那种惊喜神秘的感情，而主要表现丫鬟有如红娘的聪明伶俐。从后面写到的"落翠花"来看，这个"倚槛人"应是小姐，不是宝玉本人。倚槛赏月的人儿尽兴而归，卸下头饰，联明伶俐的丫鬟已为她展开了衾枕。可是她直到夜深人静了还是"睡不眠"。"静夜"，既有夜深人静的意思，也启人秋夜皓月当空的联想。这人睡而不眠不为别的原因，全是"因酒渴"——因酒后口渴，于是呼人重又拨旺炉中灰烬之中的余火烹茶。大观园中人的生活，可谓优裕雅静、优哉游哉矣，"富贵闲人"的闲适情趣也就从诗中自然地流露出来了。

大观园刚建成不久，贾府中虽然潜伏着严重的危机，但还未充分暴露，养尊处优的公子哥儿产生这样的思想感情是非常自然的。曹雪芹能让人物在不同的时期不同的情境中写出不同的诗作，表现人物在不同时期的思想感情，刻画人物性格的各个方面，这正是他的高明之处。

冬夜即事

梅魂竹梦①已三更，锦罽鹒衾②睡未成。
松影一庭唯见鹤③，梨花满地不闻莺④。
女奴翠袖诗怀冷⑤，公子金貂酒力轻⑥。
却喜侍儿知试茗⑦，扫将新雪及时烹⑧。

注 释

①梅魂竹梦：以梅竹入梦点染冬夜冰雪寒冷，为下句铺垫。
②锦罽鹒衾：织出锦花的毛毯，雁凫绒里的被褥。罽（音"季"），一种毛织品。鹒，雁类的一种。
③"松影"句：松耐冬寒，又常以鹤为伴，借以写清冷孤高。
④"梨花"句：虽满地梨花，但并非春天，所以说"不闻莺"。以梨花喻雪。唐代诗人岑参《白雪歌送武判官》诗："忽如一夜春风来，千树万树梨花开。"
⑤"女奴"句：写冬夜严寒，女奴怀冷而加"诗"字，用汉代郑康成家婢女都能诗，日常对话辄引《诗》语的典故。

⑥"公子"句：写冬夜严寒，公子穿戴着貂皮尚嫌酒力不足御寒。酒力轻，不是人的酒
　量小，而是说酒的劲头不够。

⑦试茗：古代上层人士讲究喝茶，不同品种的茶，烹烧的火力时间不同，要恰到好处才
　不失香变味，所以要"试"。如宋代蔡襄《进茶录序》说："独论采造之本，至于烹试，
　曾未闻有。"

⑧"扫将"句：扫雪烹茶，取其洁净，书中妙玉曾言及。

赏析

　　首联和颔联写景，抓住了具有代表性的梅、竹、松、鹤、雪来
渲染冬夜的寒冷。梅竹入梦，夜已三更，但人却因天气寒冷难以入
眠。清冷的庭中，只有仙鹤立在不畏寒冷的松树影中。雪花满地，
耳边已听不到春夏间热闹的莺声燕语。

　　颈联和尾联写人。颈联写人的感受。天气如此寒冷，穿着翠袖
衣衫的女子连吟诗的情怀都冷却了，公子穿着貂裘却依然觉得酒力
不足以御寒。尾联写人的情趣。虽然天气寒冷，可喜的是侍儿有品
茗的雅兴，把刚刚下的雪扫来烹煮香茶。

　　这首诗前六句尽言冬夜之冷，最后两句写侍儿扫雪品茗，使人
寒意顿消，生活情趣跃然纸上。

　　四首即事诗极言日用之奢华：霞绡云幄、宫镜、御香、琥珀杯、
玻璃槛、锦罽鹔鹴等，并且反复提及茶酒：鹦鹉唤茶、酒渴索茶、
酒力轻、扫雪烹茶等，既描写了宝玉当时的富贵，更是借此反衬宝
玉他日的落魄。根据脂砚斋的批语，宝玉后来落到了"寒冬噎酸
斋，雪夜围破毡"的窘境。

第二十七回

葬花吟

花谢花飞花满天，红消香断有谁怜？
游丝软系飘春榭①，落絮②轻沾扑绣帘。
闺中女儿惜春暮，愁绪满怀无释处③。
手把④花锄出绣帘，忍⑤踏落花来复去。
柳丝榆荚自芳菲⑥，不管桃飘与李飞；
桃李明年能再发，明年闺中知有谁？
三月香巢已垒成，梁间燕子太无情！
明年花发虽可啄，却不道人去梁空巢也倾。
一年三百六十日，风刀霜剑严相逼；
明媚鲜妍能几时，一朝漂泊难寻觅。
花开易见落难寻，阶前愁杀葬花人，
独倚花锄泪暗洒，洒上空枝见血痕⑦。
杜鹃无语正黄昏，荷锄归去掩重门；
青灯照壁人初睡，冷雨敲窗被未温。
怪奴底事倍伤神⑧？半为怜春半恼春。

怜春忽至恼忽去，至又无言去未闻。

昨宵庭外悲歌发，知是花魂与鸟魂？

花魂鸟魂总难留，鸟自无言花自羞；

愿侬胁下生双翼，随花飞到天尽头。

天尽头，何处有香丘⑨？

未若锦囊收艳骨，一抔净土掩风流⑩。

质本洁来还洁去，强于污淖陷渠沟。

尔今死去侬收葬，未卜侬身何日丧？

侬今葬花人笑痴，他年葬侬知是谁？

试看春残花渐落，便是红颜老死时。

一朝春尽红颜老，花落人亡两不知！

注释

①榭：建在高土台或水面（或临水）上的建筑，是一种借助于周围景色而见长的园林或景区休憩建筑。

②絮：柳絮，柳花。

③无释处：没有排遣的地方。

④把：拿。

⑤忍：岂忍。

⑥榆荚：榆树的实。榆未生叶时先生荚，色白，像是成串的钱，俗称榆钱。芳菲：花草香茂。

⑦洒上花枝见血痕：此句与两个传说有关：一、湘妃哭舜，泣血染竹枝成斑。所以黛玉号"潇湘妃子"。二、蜀帝魂化杜鹃鸟，啼血染花枝，花即杜鹃花，所以下句接言"杜鹃"。

⑧奴：我，女子的自称。底：何，什么。

⑨香丘：香坟，指花冢。以花拟人，所以下句用"艳骨"。

⑩一抔（póu）：意思是一捧之土。典出《史记·张释之冯唐列传》："假令愚民取长陵一抔土，陛下何以加其法乎？"净土：佛教专用名词，原意指完全被佛教度化的土地，净土上除了佛教之外没有任何其他外道。与"一抔"联用后成为双关语，也指只有汉文化，不被佛教文化沾染的土地。

赏析

林黛玉为怜桃花落瓣，曾将它收拾起来葬于花冢。如今她又来至花冢前，以落花自况，十分伤感地哭吟了此诗，恰被宝玉听到了。

《葬花吟》是林黛玉感叹身世遭遇的全部哀音的代表，也是作者曹雪芹借以塑造这一艺术形象、表现其性格特性的重要作品。它和《芙蓉女儿诔》一样，是作者最具感染力、最具代表意义的文字之一。这首风格上仿效初唐体的歌行，在抒情上淋漓尽致，具有很强的艺术感染力。

这首诗并非一味哀伤凄恻，其中仍然有着一种抑塞不平之气。"柳丝榆荚自芳菲，不管桃飘与李飞"，就寄有对世态炎凉、人情冷暖的愤懑；"一年三百六十日，风刀霜剑严相逼"，又是对长期迫害着她的冷酷无情现实的控诉；"愿奴胁下生双翼，随花飞到天尽头。天尽头，何处有香丘？未若锦囊收艳骨，一抔净土掩风流。质本洁来还洁去，强于污淖陷渠沟"，则是在幻想自由幸福不可得时，所表现出来的那种不愿受辱被污、不甘低头屈服的孤傲不阿的性格。这些，才是它的思想价值之所在。

这首词，从伤春到感怀，从感怀到控诉，从控诉到自伤，从自伤到向往，从向往到失落，从失落到绝望，黛玉的情感随着诗句流露出来。我们可以看到这种多愁善感的贵族小姐，其思想感情是十分脆弱的。

第三十四回

题帕三绝

其一

眼空蓄泪泪空垂，暗洒闲抛却为谁？

尺幅鲛绡[①]劳惠赠，为君那得不伤悲！

其二

抛珠滚玉只偷潸[②]，镇日无心镇日闲。

枕上袖边难拂拭，任他点点与斑斑。

其三

彩线难收[③]面上珠，湘江旧迹[④]已模糊。

窗前亦有千竿竹，不识香痕渍也无[⑤]？

注 释

①鲛绡（jiāo xiāo）：传说海中有鲛鱼（美人鱼），在海底织绡（丝绢），她流出的眼泪会变成珠子（见《述异记》）。诗词中常以鲛绡来指揩眼泪的手帕。

②抛珠滚玉：泪水像珍珠、玉石一样流下。珠、玉，形容泪珠。潸（shān）：流泪的样子。这里是流泪的意思。

③彩线难收：难用彩线串起来的意思。

④湘江旧迹：旧传娥皇、女英哭舜的泪迹。《述异记》："舜南巡，葬于苍梧之野，尧

之二女娥皇、女英（都嫁给舜为妃）追之不及，相与恸哭，泪下沾竹，竹上文为之斑斑然。"亦见于晋人张华《博物志》。湖南湘江一带产一种斑竹，上有天然的紫褐色斑点如血泪痕，相传是二妃泪水染成，又称湘妃竹。

⑤不识：未知。香痕：指泪痕。渍也无：沾上了没有。

赏析

这三首绝句是林黛玉用泪写成的，是黛玉第一次比较直接地表达自己对宝玉的感情和对未来的忧心，也是他们两人感情明朗化的一个开端。题写这三首诗之后，他们几乎再没有像之前那样争吵过。

这三首诗的作用，需要联系宝玉挨打这件事，表明贾宝玉、林黛玉之间的关系完全不同于他人。只有将它放在具体的情节中，对比薛宝钗、袭人的不同态度，才能看出贾宝玉、林黛玉的互相同情、支持。贾宝玉被打得半死，薛宝钗来送药时虽然也露出一副怜惜的样子，但心里想的却是"你既这样用心，何不在外头大事上做工夫，老爷也欢喜了，也不能这样吃亏"，还"笑着"说"你们也不必怨这个，怨那个，据我想，到底宝兄弟素日不正，肯和那些人来往，老爷才生气的"。处处卫道，处处维护贾政，实际上是用所谓"堂皇正大"的话把贾宝玉教训了一顿。袭人则乘机在王夫人面前进言，大谈贾宝玉"男女不分"，"偏好在我们队里闹"和"君子防未然"的道理，从中挑拨贾宝玉、林黛玉关系，建议"叫二爷搬出园外来住"。她的话吓得王夫人"如雷轰电掣的一般"（据《红楼梦》戚序本），并骗取了王夫人的宠信，为后来抄检大观园做好了充分的舆论准备。正是在这种情况下，作者写了贾宝玉、林黛玉的相互体贴、了解和林黛玉的一往情深、万分悲痛，顺便也写了贾宝玉身边唯一足以托付心事的忠诚信使——晴雯，这都是大有深意的。

其次，"还泪债"在作者艺术构思中是林黛玉悲剧一生的同义语。要了解"还泪债"的全部含义，最好的办法是读曹雪芹原稿中后面所写的林黛玉之死的情节，但这一部分，后世读者已看不到了。不过，作者的写作有一个规律，多少可以帮助读者弥补这个遗憾，即他所描写的家族或人物的命运预先都安下了伏线，露出了端倪，有的甚至还先有作引的文字。描写小说的主要人物林黛玉，作者更是成竹在胸，作了全盘安排的。在有关林黛玉的情节中，作者先从各个方面挖好渠道，最后都通向她的结局。

这三首绝句始终着重写一个"泪"字，而这泪是为她的知己贾宝玉受苦而流的，它与林黛玉第一次因贾宝玉摔玉而流泪，具体原因尽管不同，性质上却有相似之处——都为脂砚斋评语所说的知己"不自惜"。这样的流泪，脂砚斋评语指出过是"还泪债"。但好久以来，人们形成了一种看法，以为林黛玉总是为自身的不幸而伤感，其实，贾宝玉的不幸才是她最大的伤痛。为了贾宝玉，她毫不顾惜自己。贾宝玉挨打，她整天地流泪，"任他点点与斑斑"。"眼空蓄泪泪空垂，暗洒闲抛却为谁？"诗中将这个疑问提出，为"还泪债"埋下了伏笔。与此同时，黛玉在此落泪，又似乎是在暗示她跟宝玉最终悲痛分离的结局。

第三十七回

贾探春咏白海棠

斜阳寒草带重门^①，苔翠^②盈铺雨后盆。

玉是精神难比洁，雪为肌骨易销魂^③。

芳心一点娇无力，倩影三更月有痕^④。

莫道缟仙能羽化^⑤，多情伴我咏黄昏。

注 释

①寒草：秋草。带：连接。重门：重重院门，指深宅大院。

②苔翠：青翠的苔色。

③"玉是"二句：以玉和冰雪喻白色的花。苏轼《松风亭下梅花盛开，又韵》诗："罗浮山下梅花村，玉雪为骨冰为魂。"同时，这又是以花拟人，把它比作仙女，因为《庄子·逍遥游》曾说美丽的神人"肌肤若冰雪"。销魂，使人迷恋陶醉。

④倩影：美好的身姿。月有痕：月有影。李商隐《杏花》诗："援少风多力，墙高月有痕。"全句说，深夜的月亮照出了白海棠美丽的身影。

⑤缟仙：白衣仙子。缟（gǎo）：古时一种白色的丝织品。这里指白衣。羽化：道家称成仙或飞升叫"羽化"，意思是如化为飞鸟，可以上天。

赏 析

　　这是大观园众姐妹结成"海棠诗社"后首次吟咏。李纨被大家推为社长，负责评诗，迎春限韵，惜春监场。诗成后，大家认为黛玉的最好，李纨却评宝钗为第一，探春表示赞同，宝玉则为黛玉鸣不平。第二天史湘云到来，又和了两首，众人看了称赞不已。

结社、赏花、吟咏唱和是清代特别盛行的社会风气，是古时贵族人家闲情逸致的表现，大观园的公子小姐们当然不会例外。这些诗和有关情节给我们提供了认识这种生活的画面。如果从这一角度看，诗本身的价值是不大的，但作为塑造人物思想性格的一种手段，它仍有艺术上的效用。李纨评黛玉的诗"风流别致"，宝钗的诗"含蓄浑厚"，可见风格上绝不相混。李纨、探春推崇宝钗，独宝玉偏爱黛玉，评诗的分歧也都表现各自立场、爱好和思想性格的不同。湘云的诗写得跌宕潇洒，也与她的个性一致。这是作者高明之处。特别值得注意的是这些诗多半都"寄兴寓情"，各言志趣。作者甚至把人物的未来归宿也借他们的诗隐约地透露给读者了。咏海棠诸诗以及后面的咏菊诸诗，每一首都"诗如其人"，把大观园群芳每个人的思想、情趣、品格表现出来，同时作者曹雪芹也通过其中词句隐示了他们的命运。

探春这首诗也就是她本人的写照。"斜阳寒草带重门，苔翠盈铺雨后盆"，开篇的环境描写决定了全诗的基调。"玉是精神难比洁"，正是"才自清明志自高"的同义语。"雪为肌骨易销魂"也是她"俊眼修眉，顾盼神飞，文彩精华，见之忘俗"的形象的进一步描绘。此二句是以玉和冰雪喻白色的花。同时，这又是以花拟人，把它比作仙女。"芳心一点娇无力，倩影三更月有痕"，意思是说，花儿娇柔无比，深夜的月亮照出了白海棠美丽的身影。"芳心无力"，使人联想到断线风筝。"莫道缟仙能羽化，多情伴我咏黄昏"，意思是说：不要说白衣仙女会升天飞去，她正多情地伴我在黄昏中吟咏呢。"缟仙羽化"，使人联想到离家远嫁。探春把自己的情操赋予了白海棠，实际上是借白海棠咏叹自己。

薛宝钗咏白海棠

珍重芳姿昼掩门，自携手瓮灌苔盆[1]。

胭脂洗出秋阶影，冰雪招来露砌魂[2]。

淡极始知花更艳，愁多焉得玉无痕[3]？

欲偿白帝宜清洁[4]，不语婷婷日又昏[5]。

注 释

[1]手瓮：可提携的盛水的陶器。

[2]胭脂：即胭脂红色。洗出：洗掉所涂抹的而现出本色。北宋诗人梅尧臣《蜀州海棠》诗："醉看春雨洗胭脂。"秋阶：秋天的台阶。影：指海棠花姿。冰雪：比喻刚洗过的白海棠凝聚着露水像白雪一样。露砌：洒满露珠的石砌台阶。魂：指海棠花的品格。这两句诗的大意是：刚浇上水的白海棠，像洗去胭脂的美女一样，在秋日的台阶上映出了她美丽的身影；又好像在那洒满露水的台阶上招来洁白晶莹的冰魂做她的精魂。

[3]玉：指白玉一般的海棠。痕：就玉说，"痕"是瘢痕；以人拟，"痕"是泪痕。其实就是指花的怯弱姿态或含露的样子。此句的意思是花儿愁多怎么没有泪痕。

[4]白帝：即西方白帝白招拒。是神话传说中的五天帝之一，主管秋事。《晋书·天文志》："西方白帝，白招拒（矩亦作拒）之神也。"秋天叫素秋、清秋，因为它天高气清，明净无垢，所以说花儿报答白帝雨露化育之恩，全凭自身保持清洁，亦就海棠色白而言。凭：程乙本作"宜"，不及"凭"字能传达出矜持的神气。

[5]婷婷：挺拔舒展、苗条秀丽的姿态。

赏 析

薛宝钗这首诗借花自喻，极写豪门千金端庄矜持的仪态，合乎"含蓄浑厚"。首联开头第一句即体现其"含蓄浑厚"的风格特色。"芳姿"两字，既是写花，也是写人。诗人爱惜海棠的美丽，洁身自爱，于是在大白天把门关上，隔断外面世界的喧哗。诗人亲自提水灌溉海棠，是因为洁白的海棠，象征着诗人自己高洁的品性。

颔联两句用的是倒装句式，顺回来即是胭脂影子秋阶上洗出，冰雪魂在露砌旁招来。这咏花之句却隐喻着薛宝钗的结局。所谓"洗出胭脂影"，就花而言，是说海棠是洗去所有的涂抹而显出原本的素白之色；对人来说，通常是指妇女因丈夫不在而不再修饰打扮。所谓"招来冰雪魂"，也是借花喻人。于花则是如冰雪般洁净；于人却是喻凄冷孤寂之处境。薛宝钗寡居的命运，此中又一次得到透露。

颈联运用了丰富的意象和新颖的句法，将海棠的"白"与"洁"结合在一起描写。面对海棠，诗人没有直言其白，而是用"胭脂洗出"这一意象，写其洗尽铅华之态。海棠花瓣丰泽细腻，所以用胭脂来形容其质地，而"洗出"则脱去了胭脂艳丽的色泽，展示出海棠花洁白的面貌。"秋阶影"中的秋字，点明了海棠花盛开的季节。"秋阶"亦与"洗"字相呼应，诗人在灌溉海棠的时候，水流到地面上，将台阶洗得清洁如镜，正好映出了海棠花的倒影。上句"淡极始知花更艳"，正是薛宝钗做人处世的写照。宝钗为人"罕言寡语""安分随时"，做到"淡极"处之，因此她能笼络人心，得到上下的夸赞，达到"花更艳"的目的。下句"愁多焉得玉无痕"，将白海棠形容为玉，意思是说如果海棠多愁的话，花瓣上面就会有一些淡淡的印痕。这也是海棠将谢的迹象。有人认为，"玉"字是影射宝玉和黛玉两人。这一联既是宝钗的自许，也是其自我宽慰之词。颔联中，"淡极"与"更艳"，既蕴含着"红装""素裹"，越发显得妖娆的美的法则，又蕴含着宝钗的深谋远虑、迂缓曲折的处世金箴。"愁多"句则从正反两面取义，既表达她对黛玉、宝玉的多愁善感的讥讽，又反衬出她的自矜、自信、自得和安分端庄的情怀和气质。

尾联两句更表现出薛宝钗"装愚守拙"，以夺取宝二奶奶宝座的巧计心机。这里，薛宝钗表白，要摆出她那"不语"，即与世无争的虚伪的姿态，要凭着自己的冰清玉洁偿报于"白帝"。这就是她对贾府掌权者所要表白的忠诚。

薛宝钗这首诗，写得雍容典雅，词语"得体"，很合她态度矜持、深藏不露的思想性格。但是，咏花明志，诗中表达的深意还是非常明显的。

贾宝玉咏白海棠

秋容浅淡映重门①，七节攒成雪满盆②。

出浴太真冰作影③，捧心西子玉为魂。

晓风不散愁千点④，宿雨还添泪一痕⑤。

独倚画栏如有意⑥，清砧怨笛送黄昏⑦。

注 释

①秋容：指花的容貌。这里指秋天盛开的白海棠。

②七节攒成：是说花在枝上层层而生，开得很繁。"七节"是形容枝繁花盛。攒，簇聚。雪：喻花之素白。

③出浴太真：指杨贵妃华清池出浴之事。

④愁千点：指花如含愁，因花繁而用"千点"。

⑤宿雨：经夜之雨。

⑥画栏：有画饰的栏杆。

⑦清砧（zhēn）怨笛：古时常秋夜捣衣，诗词中多借以写妇女思念丈夫的愁怨。怨笛也与悲感有关。砧：捣衣石。

赏 析

宝玉作为诗社中唯一的男性，他没有像那些女孩子一样自比为白海棠，而是从旁观者的角度，表达了自己对白海棠的无比怜爱之情。与宝钗"愁多焉得玉无痕"的质问相反，宝玉主要是围绕着"愁"字展开。首联入题，写出白海棠枝繁花茂，素淡姿容。"秋容浅淡"是写白海棠花的容貌，它与"重门"形成对比。"七节攒成"是写海棠花枝层层而生、簇聚成团的模样，也暗示着海棠内心的愁绪。这些愁绪并不妨碍海棠的高洁，它的花朵还是雪一样洁白。

颔联连用四个比喻，以美女比作花，来形容白海棠的美丽和高洁。"出浴太真""捧心西子"是写形，表现海棠的外在美；"冰作影""玉为魂"，则是写神，形容海棠的高洁。这一联又是钗黛合写。上句写宝钗，"太真"暗指宝钗的丰腴，"冰"是就宝钗的品性而言。下句写黛玉,"捧心西子"形容黛玉瘦怯多病的模样。

颈联写海棠朝朝暮暮,都在发愁。第五句宝玉借花以自比。第六句喻黛玉。它的花蕊细小,像是有着满怀的愁绪,清晨的寒风也吹不散这点点哀愁。夜来冷雨打湿了它的花瓣,恰似留下了一抹泪痕。"愁千点"指海棠花像是含着哀愁,又因花朵茂盛而用"千点"这个补语来说明。贾宝玉之所以似海棠花"愁千点",是因为他忘不了"宿雨还添泪一痕"的林黛玉。

尾联借写海棠比喻为独守空闺思念征人的女子,写白海棠被安放在画栏之下,宛如美人凭栏独倚,在清砧与怨笛声中送走了一个又一个黄昏。古代妇女常于秋夜捣衣,清砧怨笛,已成为古代诗歌中一个固定的意象,故砧声多借作表达妇女思念远人抒发愁怨。而笛声的哀怨幽咽,也与悲戚相关。

贾宝玉曾有过"大观园试才题对额"的不俗表现,这首诗却不惜套用了"太真""西子""清砧""怨笛"之类的陈词熟语来写花寄情,这是因为其中另有隐含的意思在。宝玉把"太真"即宝钗视为"冰"一样的冷漠之人,而认为"西子"即黛玉有着"白玉"般的品格。可以这样说,宝玉之"愁"郁结"不散",全在于泪痕时"添"的黛玉。这是宝玉对钗、黛二人不同的评价而产生的不同的态度。在宝玉看来,黛玉也是视他为知己的。因此,怨笛砧声也就成了宝、黛两人永远不能结合的哀音了。从一首诗中隐括出宝玉、黛玉、宝钗三人的命运,可谓煞费苦心。而这种对人物命运的深切关注,也是曹雪芹创作冲动的一个源泉,他时刻不忘在诗歌中强化和暗示,旨在引起读者的共鸣。

林黛玉咏白海棠

半卷湘帘①半掩门,碾冰为土玉为盆。

偷来梨蕊三分白,借得梅花一缕魂。

月窟仙人缝缟袂②,秋闺怨女拭啼痕。

娇羞默默同谁诉?倦倚西风夜已昏。

注 释

①湘帘：湘竹制成的门帘。

②月窟：月中仙境。因仙人多居洞窟之中，故名。缟袂（mèi）：指白绢做成的衣服。苏轼曾用"缟袂"喻花，有《梅花》诗说："月黑林间逢缟袂。"这里借喻白海棠，并改"逢"为"缝"亦甚巧妙。袂：衣袖，亦指代衣服。

赏 析

　　林黛玉这首《咏白海棠》与薛宝钗淡而不露的风格不同，此诗淡化了现实的外部环境，突出了诗人的主体形象，写出了一个热恋中的少女的心声。首联交代了海棠花生长的环境。首句写看花人。"半卷湘帘半掩门"，看花人与花保持着一段距离，这就为下文写看花人的想象提供了条件。看花人从房内望去，看到白海棠，得到最强烈的感受就是白海棠的高洁白净，由此想象到，栽培它的该不是一般的泥土和瓦盆，"碾冰为土玉为盆"，从侧面烘染白海棠的冰清玉洁，想象别致。无怪乎此句一出，宝玉便先喝起彩来："从何处想来！"

　　颔联直写白海棠，写来对仗严谨，而又天然工巧。最难得的是它不是苍白地写白海棠的白净，而是说它白净如梨蕊，这就在白净的颜色上突出了其高贵品格，并在此基础上，进一步写出其有梅的精魂与风韵。"偷来""借得"的说法，更增添了诗句的巧妙别致。在林黛玉笔下，白海棠绝没有世俗的污浊，却有梨蕊的高洁、梅花的傲骨。白海棠的这种精神品格，其实就是具有诗人气质的林黛玉的思想性格的体现。众人看了，感受到的当然是"果然比别人又是一样心肠"。

　　颈联则紧承上联，以比喻笔法继续写白海棠的高洁白净。以月宫仙女缝制的白色舞衣做比喻，形容它的素白，形象地描绘了它美好的形态。"秋闺怨女拭啼痕"，同是比喻，感情却有变化。秋天萧瑟，又是深闺怨女，并且在"拭啼痕"，虽仍写海棠的高洁白净，带有愁戚伤感的感情色彩。这当然又是林黛玉的"别一样心肠"，写来只是"不脱落自己"（脂评），是林黛玉乖僻孤傲、多愁善感性格的流露。

尾联，笔墨重又回到写看花人，写来情景交融，娇羞默默。倦倚西风、欲诉衷肠的既可是花，也可是人，看花人与白海棠完全融为一体。不过重点应落在看花人身上。林黛玉是在托物抒情。从章法上说，"娇羞默默""倦倚西风"，与首句的"半卷湘帘半掩门"相呼应，照应开头，结束全篇，结构完整。从内容上看，它又是上两句感情的必然发展。它从形神两方面写出看花人亦即林黛玉的内心世界，把她寄人篱下、无处倾吐衷肠的感伤情绪刻画得极为深刻。由于林黛玉紧紧把握住了看花人与花的感情联系，诗中景中有情，情由景生，意与景浑，白海棠的形象成了林黛玉自身的象征。

林黛玉的这首诗不仅是风流别致的，而且是含蓄浑厚的，只不过白海棠形象的内涵是林黛玉鄙弃世俗、纯洁坚贞、乖僻孤傲的性格。这一点被宝玉看到了，所以他对"潇湘妃子当居第二，含蓄深厚，终让蘅稿"的评论不服，提出"蘅潇二首还要斟酌"。其实，李纨、探春也是感受到了潇湘妃子诗内所含的意趣的，只是评价标准不一，她们只能推崇薛宝钗诗中那端庄稳重的形象和那种欲报皇恩、候选才人而又故作淡雅的含蓄浑厚，而不欣赏林黛玉的这样"风流别致"。这也是所谓的"道不同，不相谋"罢了。

咏白海棠和韵二首

其一

神仙昨日降都门①，种得蓝田②玉一盆。
自是霜娥偏爱冷③，非关倩女亦离魂。
秋阴捧出何方雪④？雨渍添来隔宿痕。
却喜诗人吟不倦，肯⑤令寂寞度朝昏？

其二

蘅芷阶通萝薜门⑥，也宜墙角也宜盆。

花因喜洁难寻偶，人为悲秋易断魂⑦。

玉烛滴干风里泪，晶帘⑧隔破月中痕。

幽情⑨欲向嫦娥诉，无那⑩虚廊月色昏。

注释

①都门：本指都城中的里门，后通称京都为都门。

②蓝田：县名，在今陕西省渭河平原南缘，秦岭北麓，渭河支流灞河上游。该地以产美玉著名。

③自是：本是。霜娥：青霄玉女，主管霜雪的女神，亦称青女。

④秋阴：秋天的阴云。捧出：将秋阴拟人化，也写出了花的形状。何方雪：云阴与雨雪相连，但秋天无雪，所以要用"何方"二字。

⑤肯：岂肯。

⑥蘅芷（héng zhǐ）：蘅芜、清芷，都是香花芳草。萝薜：藤萝、薜荔，都是蔓生植物。此句为下句写海棠种植随处适宜而先写环境。

⑦断魂：形容极度悲愁。

⑧晶帘：水精帘。从水精帘内可见帘外景物，唯白色的东西不明显。

⑨幽情：隐藏在心中的怨恨。

⑩无那：无奈。

赏析

　　海棠诗社刚成立时，湘云不在场。过后，宝玉特意把湘云请来。湘云来后，兴头极高，立即依韵和了如上两首。

　　湘云是十二钗中的重要人物之一，除了黛玉、宝钗就要数到她。她像宝钗一样美丽，像黛玉一样聪明，是一个介于钗、黛之间的人物。

　　第一首里的"自是霜娥偏爱冷""秋阴捧出何方雪"，隐指吃"冷香丸"的冷美人薛宝钗；"非关倩女亦离魂""雨渍添来隔宿痕"，隐指在苦恋中魂牵梦绕、泪渍不干的林黛玉。第二首里，为"悲秋"而"断魂"的是林黛玉。被"晶帘"隔破的花影，也很容易令人联想起"水中月""镜中花"之类关于宝、黛爱情的判词。相对地，花难寻偶、玉烛滴泪等句，也像是隐指宝钗未来的"寡居"生活。

湘云的诗说了宝钗，又说了黛玉，也就等于说了她自己。虽然我们已无法知道曹雪芹如何写她的结局的具体情节，但"湘江水逝楚云飞""云散高唐、水涸湘江"等判词已说明了她的结局同样是凄惨的。她将像黛玉那样为婚姻悲剧而哭泣，像宝钗那样过孤寂无着的生活，当然情节不会雷同。

细细琢磨，可知曹雪芹为书中人物代拟的这些诗用了苦心，读者不可忽略其寓意。因为这些诗既要咏物，又要加进寓意，两面都要兼顾，诗意就要朦胧些，不会丁是丁、卯是卯那样确定。

第三十八回

忆 菊

怅望西风抱闷思①，蓼红苇白断肠时②。

空篱旧圃秋无迹③，瘦月清霜梦有知④。

念念心随归雁⑤远，寥寥坐听晚砧痴⑥。

谁怜我为黄花瘦⑦，慰语重阳会有期。

赏 析

这是薛宝钗所作的一首七律诗。诗题既然为"忆"，则内容便围绕着回忆思念的主题展开。全诗抒写了女主人公在长期的忆念中所忍受的苦痛，预示她以后的不幸境遇。

诗的首联以"怅望""闷思"和"断肠"等感情色彩强烈的词语直接切题。由于水蓼、芦苇这些植物开花的时间都在夏末秋初，此时无法看到多姿多彩的菊花，因而薛宝钗才惆怅地临风盼望。诗的颔联，写的是初春季节对菊花的思念之情。此刻，映入眼帘的片片菊篱形同虚设；而去年曾一度繁花似锦的菊圃，也已空荡无物。然而，怀念之情并不因时间的推移而淡化，反而变得越来越浓烈，即便是这"瘦月清霜"的冷寂之夜，也还不知多少次在梦中与之相会。情之殷切，意之笃厚，只有自己与菊花才两心相知。

上述两联，都是从时间上着笔来展开思绪的。转到诗的颈联，才从空间上落墨："念念心随归雁远，寥寥坐听晚砧痴"。因见北雁南归，不禁想到雁儿可能会把菊花的信息带往江南。因而产生了跟随大雁南飞的奇想；听到阵阵砧声，不禁想到在这空阒无人的夜晚，还有那么多妇女为征人捣制衣裳，自然勾起了对远方亲人的怀念之情。这两句也暗点时间，这可以从"归雁远"三字看出是初冬时节。但它主要的还是以广阔无垠的天地作为抒写情怀的背景，并以鸿雁和砧声作为引发情感的媒介，这样就使诗中所包孕的意蕴显得丰富而深广。

诗的尾联，是对上面意思的总体概括，并在时间上回应首联。"谁怜我"句，言我此刻已为盼望菊花的早日来临而相思成疾，则"我"怜菊之痴情，与"无人怜我"的世人之薄情，便形成一个明显的对照。但既然无人怜我，就只好自宽自谅，在梦中与同病相怜的菊花约好了明年相逢的佳期。这一结句虽然给人带来了一线希望的曙光，但这是一种无可奈何的自慰之词，其情感反而显得沉挚而悲愤。

综上所述，全诗抒写了薛宝钗近一年来绵绵无尽的忆菊之情。但这种思念过程的描述，是与小说中预示人物后来的悲剧命运紧紧地联系在一起的。根据曹雪芹对后来情节的透露，宝钗的丈夫贾宝玉最终不顾众人的挽留，"悬崖撒手"，遁入空门。因而宝钗的"忆菊"，便是思夫的孤凄心情的一种暗示。

访 菊

闲趁霜晴试一游，酒杯药盏莫淹留^①。

霜前月下谁家种？槛外篱边何处秋^②？

蜡屐远来情得得^③，冷吟^④不尽兴悠悠。

黄花若解^⑤怜诗客，休负今朝挂杖头^⑥。

注 释

①淹留：滞留住。这句说，不必为了饮酒或身体病弱而留在家中。
②何处秋：即何处花，修辞说法。"谁家""何处"都为了写"访"。
③蜡屐（jī）：木底鞋。古人制屐上蜡。语用《世说新语》阮孚"自吹火蜡屐"事。表
　示旷怡闲适。又古代有闲阶级多着木屐游山玩水。得得，特地，唐时方言。
④冷吟：在寒秋季节吟咏。
⑤解：懂得，能够。
⑥"休负"句：不要辜负我今天的乘兴游访。挂杖头，语用《世说新语》阮修"以百钱挂
　杖头，至店，便独醉酣畅"事。这里取其兴致很高的意思。又重阳有饮菊花酒的习俗。

赏 析

　　《访菊》一题，因其着眼在一个"访"字，故全诗着力描述了
贾宝玉寻访菊花时的心理和行动，表达了这位久病的公子访问秋菊
时的一片痴情。诗的第一句，"闲趁霜晴试一游"，交代了出游的
天气以及当时的心境。一"试"字，正说明了像访菊这一类的活动
已许久没有开展，故今天的乘兴出门，心情就自然格外不同。第二
句，诗人先接下访菊的活动不表，而是说不要被酒杯和药盏滞留在
家中，免致错失这大好时光。这就从反面衬托出了访菊之前已按捺
不住的喜悦心情，写来跌宕顿挫。诗的第三、四句，才用"霜前""槛
外"这对偶精切的诗行，和"谁家种""何处秋"这两个反问的句式，
进一步强化了菊花绚烂夺目、娇艳迷人的风采，表达了访菊之时诗
人那特别惊喜的神态。

诗的五、六句直接写远道寻芳之人。据说，晋代文人出游时常喜脚穿木屐，上山去前齿，下山则去后齿。并为使木屐穿久耐用，常常用白蜡对它进行涂抹。如《世说新语》中记阮孚"自吹火蜡屐"一事，时人便誉为豁达，这当然是古代有闲阶级生活风尚的一种体现。故此处的用典，便寄寓着诗人悠闲自得的情趣。至于句中的"得得"一词，则为唐代的方言，犹今天的"特地"之义。这说明诗人是特地从远道赶来访菊的。因而既见菊花，就自然要雅兴大发，"冷吟不尽"，情致悠悠，见出诗人与菊花情感默契的程度。

这样，在诗的最后两句，便把"黄花"与"诗客"合写，说你这黄花如果懂得我这"诗客"的一番情意，就不要辜负我今朝把你挂在杖头携带回归的愿望。至此，"诗客"对菊花的一片深情，已跃然纸上；而访菊的题意，也已写尽写足，无须花费更多的笔墨。

种 菊

携锄秋圃自移来①，篱畔庭前故故②栽。

昨夜不期③经雨活，今朝犹喜带霜开。

冷吟秋色诗千首④，醉酹寒香酒一杯⑤。

泉溉泥封⑥勤护惜，好知井径绝尘埃⑦。

注释

①移来：指把菊苗移来。

②故故：特意。

③不期：未曾料想到。

④秋色：指菊。诗千首：与下句之"酒一杯"出自杜甫《不见》诗："敏捷诗千首，飘零酒一杯。"杜诗写的是李白。

⑤酹（lèi）：洒酒于地表示祭奠。这里只是对着菊花举杯饮酒的意思，与吟诗一样，都表示兴致高。寒香：指菊。下一首"清冷香"意同。《花史》："菊为冷香。"

⑥泉溉泥封：用水浇灌，用土封培，是种菊的技术。

⑦好知：可知。井径：田间小路，泛指偏僻小径。戚序本作"三径"，更明显是用陶渊明《归去来兮辞》中"三径就荒，松菊犹存"的句意。"三径"的原始典故是汉代蒋诩隐居的故事。

赏析

《种菊》承《访菊》一诗而来，正如宝钗所说："访而得之，故种。"全诗以"种菊"为题，寄托着诗人与菊偕隐、超尘出俗的人生理想。

诗首联直接进入种菊本题。"携锄"写诗人手持的劳动工具；"秋圃"言栽种菊苗的季节环境。"篱畔庭前"既绾合上句的"秋圃"，又具体落实菊苗"移来"栽种的最佳地点。而"故故"写足诗人种菊时特别细心的情态。

诗的颔联进一步抒写种菊成功后的欣喜之情："昨夜"一场秋雨，菊苗"不期"而活；今晨虽有微霜，犹喜菊花怒放。本来，种菊遇雨，纯系偶然；菊花开放，也属天性。但前者像是天公的特意安排，后者则具有相当浓郁的人情味。这样，诗人的种菊赏菊之情，自然就溢于言表。

诗的颈联紧承上意，在意境上却更加深邃。有菊可赏，便须吟诗以助兴，酹酒以寄情。故"诗千首"之多，正是菊花所触发的灵感之产物；"酒一杯"之醇，也只有邀菊同饮才真正感受到。此处的"秋色"和"寒香"，皆借代菊花，以凸显其清冷幽香的秉性和神韵。而"酹"字在此则言菊花与诗人同饮之意，以见出两情相得、其乐融融的谐和之情。

诗的尾联，再次表明了对菊花的百般爱怜之意。不仅在行动上做到"泉溉泥封勤护惜",更要在精神境界上与菊花引为同调。"好知井径绝尘埃",便是从菊花生长的清幽环境,与"尘埃"一般的世俗社会构成鲜明的对比。在这种鲜明的对比中,诗人愿与秋菊为伴的志趣,以及高洁绝尘的人生态度,便得到了自然的升华,此正所谓"卒章而显其志"。

这首诗围绕"种"字,写了移菊、栽菊、菊成活后的喜悦以及日常培护灌溉等种菊的全过程。贾宝玉外出访菊,并亲自移到自家的篱畔庭前,栽得到处都是。凑巧下了一夜的雨,菊花得到雨水的滋润,全部成活。贾宝玉大喜过望,连吟诗带饮酒,兴致极高。秋色、寒香,分别是以色、香等菊花的部分属性来代表菊花本身。兴奋之余,贾宝玉殷勤灌溉,仔细培护,希望陪伴着菊花一起离尘脱俗。

对 菊

别圃①移来贵比金,一丛浅淡一丛深。
萧疏篱畔科头坐②,清冷香中抱膝吟③。
数去更无君傲世④,看来惟有我知音⑤。
秋光荏苒休辜负,相对原宜惜寸阴⑥。

注释

①别圃(pǔ):远圃。王逸注《离骚》中的"别离"说:"近曰离,远曰别。"
②科头:不戴帽子,敞着头。古代女子本是不戴帽子的,这里只是借魏晋间狂放不羁的名士们的傲世独立、不拘俗礼的形象,展示湘云的旷放的性格,也就是颈联中的"傲世"精神的形象化。
③抱膝:双手抱着膝头。清冷香:代指菊花。
④傲世:指菊花不与桃李争春,不惧风蚀,冒寒而开,故诗文中用以象征清高傲世者。
⑤知音:知心之友。
⑥惜寸阴:珍惜大好时光。阴,日影、光阴。

赏析

在这首诗中，史湘云以一个男性抒情主人公出现，正表现了她豪爽不羁的潇洒风度。史湘云生来"英豪阔大宽宏量"，颇具男性气度。但这是作诗，是遣兴取乐，诗人尽可以把自己想象成是男人。湘云从小就喜爱男装，甚至有一次贾母竟把她误认成宝玉。第六十三回书中写道："湘云素习憨戏异常，她也最喜武扮的，自己每每束蛮带，穿折袖。"这首诗实际上也是诗人发出的知音难觅、人生苦短的感慨。

史湘云所写《对菊》虽然重点在于"欣赏"上，但首联第一句还是与第三首的《种菊》相联接，用"别圃移来"开句，点明菊的来处，然后以"贵比金"，说明把它从"别圃"——远处移来的原因；紧接着以"一丛浅淡一丛深"写其移来后的神态。首联对菊的来源及神态做了简明必要的交代，为以下的赏菊提供了基础。

颔联笔锋一转，从写菊转为写人，写赏菊者。"萧疏篱畔""清冷香中"表明赏菊的地点和具体氛围，表明赏菊者不是在雅室，而是在疏篱旁，在菊花吐出清香的氛围中。"萧""冷"二字点明赏菊的节令是深秋。"科头"，在这里是一种疏狂不羁的态度。由静坐而观到对菊"长吟"，则显示了观菊者对菊的爱慕之情。

颈联写赏菊者爱菊之所由，承接"抱膝吟"点明歌吟的具体内容，亦显示了赏菊者的思想和品格。菊花不在春暖时与百花争艳，又不怕寒冷而在秋天开放，像某些"君子"鄙视争名逐利的世俗，傲然独立，故史湘云将菊拟人化，尊称为"君"。"知音"，在这里引申则指知己好友。这两句表明，史湘云对菊的爱慕欣赏不完全在于有深有浅的绿叶和鲜明夺目的花朵，更着眼于菊的傲世气质和品格。在"知音"之前冠"惟有"一词，更显示出史湘云的与众不同，表明史湘云本身就具有"傲世"的思想，故能成为"菊"的知音。

尾联用与好友交谈的口气，谆嘱对方要珍惜相互间的友谊，进一步表达自己爱菊的感情。菊花只在秋天开放，而秋日很快就会过去，由于爱菊心切，故直语相告，要互相珍惜这短暂的日子，珍惜这可贵的友谊。

供 菊①

弹琴酌酒喜堪俦②，几案婷婷点缀幽③。

隔座香分三径露④，抛书人对一枝秋。

霜清纸帐来新梦⑤，圃冷斜阳忆旧游⑥。

傲世也因同气味，春风桃李未淹留⑦。

注 释

①供菊：将菊花插在瓶中，放在房间里供观赏。

②喜堪俦（chóu）：高兴菊花能做伴。俦：同辈、伴侣。

③婷婷：指菊枝样子好看。幽：说因菊而环境显得幽雅。

④三径露：指菊，修辞说法（与下句"一枝秋"相对），用陶潜《归去来辞》"三径就荒，
松菊犹存"意。"三径"原出处参见前清客《兰风蕙露》对联注。"香分三径露"：
是说菊之香气从三径分得，与下句"一枝"一样，正写出"供"字。

⑤霜清：仍是修辞说法，指菊花清雅。纸帐来新梦：房内新供菊枝，使睡梦也增香。因
纸上多画花卉，而真的菊自然大大超过所画的花，所以及之。

⑥圃冷：菊圃冷落。斜阳：衰飒之景。旧游：旧时的同游者、老朋友。

⑦春风桃李：喻世俗荣华。淹留：这里是久留忘返的意思。

赏 析

　　这是史湘云所作的第二首咏菊诗。在咏菊组诗中编排在第五
位。题目为《供菊》，意即把菊花采摘下来插在花瓶中，供观赏。
即为《红楼梦》第三十七回中史湘云所说的："相对而兴有余，故
折来供瓶为玩"；故《供菊》的重点仍在"观赏"上着墨，所表达
的思想与《对菊》亦相同，不过观赏的空间由花圃转移到室内案头。

　　《对菊》一诗还没有把史湘云的性情怀抱抒发到极致，因而这
首《供菊》就显得非常必要。访也访了，种也种了，人菊相对更是
感情激荡，接下来便要将菊花插在案头，与之朝夕相处，乐以忘
忧。史湘云在这首诗中描写了自己像陶渊明一样蔑视富贵、佯狂傲
世的性情风度。采用"背面敷粉"的手法，由观赏室内插瓶的菊花

写到园中赏菊的风雅，继而回想起往日赏菊的天真烂漫。颈联和尾联又进一步扩大了全诗的意境，丰富了吟咏的内容，深化了写作的主题。

《供菊》首联与《对菊》有所不同，开首两句就直接入题。首句以"弹琴饮酒"来衬托观菊者对菊的特别喜爱，愿意以菊作为朋友。第二句中的"几案"点明了赏菊的地点由花圃转入室内，应诗题中的"供"字。首联"弹琴酌酒""几案婷婷"，还是上首诗"知音"主题的进一步皴染。

颔联说隔座犹能闻得菊花香气四溢，人不禁连书也懒得看，专心致志和菊花神交，此即所谓"抛书人对一枝秋"。应该说这一句确实把人对花的痴情痴意刻画了出来，透迤着一种潇洒的风姿，不愧秀句诗眼。

颈联中，"霜清纸帐"实际上是说菊花之影映照纸窗上，十分曼妙，让人连梦中都有菊花。对下一句，书中通过林黛玉评论说："据我看来，头一句好的是'圃冷斜阳忆旧游'，这句背面敷粉。'抛书人对一枝秋'已经妙绝，将供菊说完，没处再说，故翻回到未折未供之先，意思深远。"这当然是从写咏物诗的艺术技巧上赞叹，作者也是在借黛玉之口暗示湘云的诗才是菊花诗的翘楚。"来新梦""忆旧游"也是在影射未来佚稿中家族败落后史湘云的抚今追昔。

尾联说对"春风桃李"没有留恋，却对秋天的菊花情有独钟，因为菊花"傲世"，所以和诗人"同气味"，这是在"一击两鸣"家族败落后宝玉和湘云的情况。

咏　菊

无赖诗魔昏晓侵①，绕篱欹石自沉音②。
毫端蕴秀临霜写③，口角噙香④对月吟。
满纸自怜题素怨，片言谁解诉秋心⑤。
一从陶令评章后⑥，千古高风说到今⑦。

注 释

①无赖：无聊赖，无法可想。诗魔：佛教把人们有所欲求的念头都说成是魔，宣扬修心养性用以降魔。所以，白居易的《闲吟》诗说："自从苦学空门法，销尽平生种种心；唯有诗魔降未得，每逢风月一闲吟。"后遂以诗魔来说诗歌创作冲动所带来的不得安宁的心情。昏晓侵：从早到晚地侵扰。

②欹（yī）：这里通作"倚"。沉音：心里默默地在念。

③毫端：笔端。蕴秀：藏着灵秀。"毫端蕴秀"是心头蕴秀的修辞说法。临霜写：对菊吟咏的修辞说法。临，即临摹、临帖之"临"。霜，非指白纸，乃指代菊，前已屡见。写，描绘。这里说吟咏。

④口齿噙（qín）香：噙，含着。香，修辞上兼因菊、人和诗句三者而言。

⑤素怨：即秋怨，与下句"秋心"成互文。秋叫"素秋"。"素"在这里不作平素解，却兼有贞白、高洁的含义。"素怨""秋心"皆借菊的孤傲抒自己的情怀。

⑥一从：自从。陶令：陶渊明（365—427），东晋诗人，字符亮，一说名潜字渊明。曾做过八十多天彭泽县令，所以称陶令。他喜欢菊，诗文中常写到。评章：鉴赏，议论。亦借说吟咏，如评章风月。

⑦高风：高尚的品格。在这里并指陶潜与菊。自陶潜后，历来文人咏菊，或以"隐逸"为比，或以"君子"相称，或赞其不畏风霜，或叹其孤高自芳，而且总要提到陶渊明。

赏 析

　　黛玉这首诗的第一联就说诗魔缠身，创作冲动不由自主。这很符合黛玉的个性特征，林姑娘的确是一位多愁善感的诗人，长吟短赋，经常触景生情，发于章句。同时从作诗的角度说，这两句也是开门见山，直切"咏菊"的主题。全句说为了想出新奇的诗句，站在篱笆前，靠在山石上，苦思冥想。

　　第二联说诗兴来了，就信手挥毫，对月高吟。庚辰本、己卯本、在俄本、戚序本、蒙府本、舒序本、杨藏本、甲辰本、北师大本都是"运秀"，程高本改成"蕴秀"。"运"的动作性更强，把写诗时的灵感勃发表现出来了。从对仗的要求说，"毫端"对"口角"或"口底"比较工稳。口噙菊花香气对月吟菊花诗，"噙"字有一种品味的意思，既有品味花香也有品味诗句的意味，这确实是一种很美的意境，所以后来李纨等人都一致推崇这一首为菊花诗之冠。但作者又让黛玉自谦说"我那首也不好，到底伤于纤巧些"，暗示其实还是史湘云的诗才是真正的第一，这都是和后文情节遥相呼应的。

后边的四句也紧贴"咏"字，挥毫满纸，都是诗人的"素怨"——即秋怨，按古代的五行说，金配秋，色白，故曰素秋。"诉秋心"即对菊花抒发情感，用问句，说"谁解"，实际上以菊花做潜在的知音，所以最后就以爱菊成癖的陶渊明来标榜。陶渊明作过彭泽令，故称陶令，他有"采菊东篱下，悠然见南山"的千古高风。他也专门赞美过菊花，如《和郭主簿》中就有："芳菊开林耀，青松冠岩列。怀此贞秀姿，卓为霜下杰。"又"秋心"二字，可以合成一个"愁"字，宋吴文英《唐多令》词中即有句"何处合成愁，离人心上秋"。

从小说的"伏脉"角度说，"题素怨""诉秋心"，当然既表现了黛玉的悲剧气质，也暗示了她后来"眼泪还债"的归宿。

画 菊

诗余戏笔不知狂，岂是丹青费较量①。
聚叶泼成千点墨②，攒花染出几痕霜③。
淡淡神会风前影，跳脱秋生腕底香④。
莫认东篱闲采掇⑤，粘屏聊以慰重阳⑥。

注释

①丹青：指绘画所用的红的青的颜料，亦作画的代称。较量：计虑，思考如何恰当。
②聚叶：把菊叶画得茂密，故用"千点"。
③攒：簇聚。花由好多花瓣集合构成，故说"攒花"。霜：指代菊花瓣，故用"几痕"。
④跳脱：手镯的一种，用珍物连缀而成，又作"挑脱""条脱"。
⑤东篱闲采掇：语用陶潜著名诗句："采菊东篱下，悠然见南山。"掇：拿取。
⑥粘屏：把画贴在屏风上。慰重阳：重阳不得赏菊，以观画代之，可安慰一下寂寞的心情。

赏析

　　这是薛宝钗作的一首画菊诗。此诗不仅具体生动地写了如何画菊及菊画的神韵，也流露出薛宝钗自视清高自负不凡的思想。

　　首联点题。其中一个"狂"字就活脱脱地把她那自负的思想和盘托出。画菊并不难，只不过是依真菊而作罢了，而且是又"诗余"的"戏笔"而已。不知狂，原意指不知道是轻狂，实际上却是狂的表现。

　　颔联写如何画菊：团团的菊叶是用墨水泼成，雪白如霜的朵朵菊花是用白粉染就。而泼墨、染出是中国画的画技，作者运用得非常娴熟。画菊之枝叶用墨泼出，借浓黑之色以衬托菊叶的多姿；画菊之花瓣不用线条勾勒，而是利用宣纸化水的特点，染出要画的物象。如此画来，黑白分明互相映衬。

　　颈联写画菊的结果：菊花与菊叶浓淡相宜，远近有别，显出了菊花随风摇曳的生动活泼的姿态，以及它散发出的芳香。这就是说，画的菊花，不仅形似，而且神似。"秋生腕底香"是"腕底生秋香"的倒装句。跳脱与腕连用，包含两层意思，一指菊花为女子所画，一指菊花画得很生动。

　　薛宝钗既然自视高明，又认为菊花画得很好，那么尾联提出的"莫认东篱闲采撷"，即叫别人莫把画菊当真的去采摘，就是顺理成章的了。宝钗自狂归自狂，但是，诗的末句"粘屏聊以慰重阳"中的"聊以慰"，却透露出她那孤独寂寞的心情。

问　菊

欲讯秋情众莫知①，喃喃负手叩东篱②。

孤标傲世偕谁隐③，一样花开为底迟④？

圃露庭霜⑤何寂寞，鸿归蛩病可相思⑥？

休言举世⑦无谈者，解语何妨话片时⑧。

注释

①秋情：即中间两联所问到的那种思想情怀。因"众莫知"而唯有菊可认作知己，故问之。

②喃喃：不停地低声说话。负手：把两手交放在背后，是有所思的样子。叩：询问。东篱：指代菊。

③孤标：孤高的品格。标，标格。偕：同……一起。

④为底：为什么这样。底，何。

⑤圃露庭霜：落满霜露的园圃和庭院。互文的修辞手法。

⑥鸿归：大雁南飞。蛩病：蟋蟀将要死去。可：是不是。雁、蛩、菊都是拟人写法。

⑦举世：整个世间，整个社会。

⑧解语：能说话。在这里的意思是如果花能说话的话。拟人的修辞手法。语出王仁裕《开元天宝遗事》中唐玄宗把贵妃比作"解语花"事。片时：短暂的时间。南朝江总《闺怨篇》："愿君关山及早度，念妾桃李片时妍。"

赏析

在这首诗中，轻俗傲世，花开独迟，道出了林黛玉清高孤傲、目下无尘的品格性情。"圃露庭霜"不就是《葬花吟》中说的"风刀霜剑"吗？荣府内种种恶浊的现象形成有形无形的刺激，使这个孤弱的少女整天陷于痛苦之中。"鸿归蛩病"映衬出她苦闷彷徨的心情。对黛玉来说，举世可谈者只有宝玉一人，然而碍于"礼教之大防"，又何曾有痛痛快快地畅叙衷曲的时候？

"孤标傲世偕谁隐，一样花开为底迟？"这两句脍炙人口的名句，与其说是有趣的讯问，莫如说是愤懑的控诉。全诗除首联之外，颔联、颈联、尾联全为问句，问得巧妙，正如湘云说："真把个菊花问的无言可对。"

林黛玉一再向那寄托在东篱之下的菊花发问，其实是暗喻自己寄人篱下，缺少知音。

簪 菊①

瓶供篱栽日日忙，折来休认镜中妆②。

长安公子因花癖③，彭泽先生是酒狂④。

短鬓冷沾三径露⑤，葛巾香染九秋霜⑥。

高情不入时人眼，拍手凭他笑路旁。

注释

①簪（zān）菊：插菊花于头上，古时风俗。

②镜中妆：指簪、钗一类首饰，女子对镜妆饰时，插于发间。

③"长安"句：长安公子疑指唐代诗人杜牧，他是京兆（长安）人。其祖父杜佑做过德宗、宪宗两朝宰相，故称"公子"。其《九日齐山登高》诗有"尘世难逢开口笑，菊花须插满头归"之句，故称"花癖"。

④"彭泽"句：彭泽先生指陶渊明。他除爱菊外，也喜酒；任彭泽令时"公田悉令吏种秫（高粱），曰：'吾常得醉于酒足矣！'"友人颜延之曾"留二万钱于渊明，渊明悉遣送酒家，稍就取酒。尝九月九日出宅边菊丛中坐，久之，满手把菊，忽值弘送酒至，即便就酌，醉而归。"又自酿酒，"取头上葛巾漉酒，漉毕，还复著之"（南朝萧统《陶渊明传》）。所以称"酒狂"。

⑤"短鬓"句："短鬓"用杜甫《春望》"白头搔更短，浑欲不胜簪"句，诗意点"簪"字。舒序本、在俄本、蒙府本、甲辰本、杨藏本、程甲本是"短鬓"，戚序本是"短髯"，己卯本、庚辰本、北师大本是"短发"。三径露：指代菊。因说露，所以说"冷沾"。形容簪菊。

⑥葛巾：用葛布做的头巾。暗与陶潜"葛巾漉酒"事相关。九秋霜：指代菊。九秋，即秋天，意谓秋季九十日。秋称三秋，亦称九秋。

赏析

贾探春这首诗在李纨的评论中被认为仅次于林黛玉的三首，是菊花诗会的亚军。曹雪芹这样安排煞费苦心。因为薛宝钗是海棠诗和螃蟹咏的冠军，黛玉是菊花诗的冠军，湘云是暗示的海棠诗和菊花诗之真正冠军，这种楚晋轮流作霸主的写法表明曹雪芹对笔下的这几个女子都极为珍重。探春也是作者所欣赏的，她的诗才也很杰出，但已经无法安排写探春当冠军，就让她在菊花诗中当一次亚军。

首联说探春对菊花瓶供篱栽，钟爱有加，还要折一枝插在头上，并说不要把插花误认为是钗、簪一类饰品，这进一步突出了菊花的珍贵。用"镜中妆"，类似于"照花前后镜，花面交相映"（温庭筠《菩萨蛮》）的意境。

颔联用了两个历史典故，即杜牧"长安公子"及陶渊明"酒狂"的典故。杜牧、陶渊明是为数不多的高士，是菊花真正的知己。探春将他们引为同调，借以表达自己爱菊之情的真挚与浓烈。而陶渊明又有"采菊东篱下"的名句，所以能和"簪菊"的题目相合。

颈联是渲染簪戴菊花的情态风神。"短鬓冷沾三径露"一句，"短鬓（发）""葛巾"都是仿男子的口气说的。前句或暗用杜甫《春望》诗中"白头搔更短，浑欲不胜簪"句意来点诗题的"簪"字，"冷沾三径露"把刚采摘的菊花之鲜活渲染出来，有浓郁的田野气息。后句暗暗照应陶渊明的故事。《陶渊明传》中有："郡将尝候之，值其酿熟，取头上葛巾漉酒，漉毕，还复著之。"《本草纲目·头巾》："古以尺布裹头为巾，后世以纱罗布葛缝合，方者为巾，圆者为帽。"秋季一共三个月九十天，可说"三秋"或"九秋"，这里选用后者是为了和前句的"三径"对仗。菊花插在头上，所以说"葛巾香染九秋霜"。

无论杜牧还是陶潜，他们爱菊如狂的行径都超越常情，不为世俗人所理解，所以尾联就以"高情"自许，藐视世俗偏见，是一种张扬个性的意思。总之，这首诗句句都关合"簪菊"这个题目，写得风雅而风流，把探春个性中放达倜傥的那个层面表现了出来。无论作为小说中的情节看还是作为诗本身看，都有滋有味。

菊　影

秋光叠叠复重重[①]，潜度偷移[②]三径中。
窗隔疏灯描远近，篱筛破月锁玲珑[③]。
寒芳留照魂应驻[④]，霜印传神梦也空[⑤]。
珍重暗香[⑥]休踏碎，凭谁醉眼认朦胧[⑦]。

注释

①秋光：这里代指菊影。叠叠复重重：形容花叶繁茂。
②潜度偷移：写菊影随日光悄悄移动。
③玲珑：指篱影。"锁玲珑"是"锁于玲珑"的省笔。这个画面层次感很强，很美。
④寒芳：代指菊花。留照：留影。魂应驻：菊魂该留在菊影之中。
⑤霜印：指菊影。梦也空：像梦一样空幻。
⑥暗香：指夜间的菊影。
⑦凭谁：凭借什么。醉眼认朦胧：月下篱内的菊影，已是很朦胧的了，加上醉眼相认，
　越发朦胧。极写菊影的朦胧美。

赏析

　　这是十二首咏菊诗中的第十首。史湘云拈起"菊影"诗题，写出"菊影"之意，隐含咏者自己命运之"影"。从这一首诗开始，"人事虽尽，犹有菊之可咏者"，诗人的主体形象在诗中已经隐退了，但是诗人的主观情感依然在诗中有所体现。

　　这首诗主要是描写菊花的影子，诗的前半部分侧重于写形，围绕着光与影的关系描写，融情于景；后半部分则注重传神，借景生情，抒情色彩有所加强。

　　首联写白天的菊影。光与影是相伴而生的，就像现实与回忆的关系一样。阳光洒落在菊花稠密的叶片上面，进而在地面上投下了重重叠叠的阴影。随着日光的推移，菊花的阴影也在不知不觉地移动。人世的变迁，也同样如此。日子在不经意中一天天地流逝，直到某一天，蓦然回首，才发现昔日的欢声笑语仍在耳边回响，而繁华已经不再。

　　颔联写夜间的菊影。上句写室内的灯光，隔着窗户斜照到庭前的菊花上，在地面投下长长的影子。随着灯光的摇曳，影子也忽长忽短，忽远忽近。这不由让我们想到，室内的人此刻正在做些什么。是三五姐妹在一起欢声笑语，二三知己在一起促膝谈心，还是"耿耿秋灯秋夜长"，主人正独自悲吟。下句写夜色转深，主人睡去，只剩下天空中的一轮冷月，被竹篱隔得支离破碎。在冷月清辉的照射下，菊影定格在篱影精致的篱格中，仿佛被"锁"着一样。

这一幕情景，可以视为大观园女儿们内心深处不为人知的苦闷的写照。

颈联中，"寒芳""霜印"均指代菊影，遣词华美，情味深长。曹雪芹安排湘云来写这首诗，自有其用意。湘云是大观园历史的见证人，如果我们结合曹雪芹对湘云这一人物的设计意图来看的话，就更能体会到诗中蕴含的情感了。

尾联中，菊花是现实生活中诗意片段的象征，而菊影则代表了现实留在史湘云心中的回忆。那些美丽的女孩子，她们的影像长留在史湘云的心间，她们的芳魂也应该常驻人间。史湘云每每在梦中回忆起她们的眉目神情，醒来后才发现已是旧年陈事。就让这些往事的碎片深埋在心底吧，酒醉之时，已经没有谁和我一起回忆那些逐渐模糊的往事了。

菊　梦

篱畔秋酣一觉清①，和云伴月不分明②。

登仙非慕庄生蝶③，忆旧还寻陶令盟④。

睡去依依随雁断⑤，惊回故故恼蛩鸣⑥。

醒时幽怨同谁诉，衰草寒烟⑦无限情。

注　释

①秋酣：秋菊酣睡。一觉清：形容梦境清幽。

②不分明：说明梦境依稀恍惚。

③庄生蝶：庄生，即庄周，又叫庄子。

④忆旧：怀念过去。陶令盟：与陶渊明那样的隐士结为盟友。

⑤依依：留恋不舍。随雁断：（梦境）随着归雁的远去而中断。

⑥故故：常常，时时。恼蛩鸣：对蟋蟀的鸣叫感到烦恼。

⑦衰草寒烟：秋天的枯草和冷烟。表示凄凉的秋景。

赏析

　　潇湘妃子这首咏菊诗，题为"菊梦"，抒梦中虚情，"醒时幽怨"，表达林黛玉的思想感情。这首诗，第一句写入梦，以下依次写梦境，末后两句承"蛩鸣""惊回"好梦而道出梦醒时的"幽怨"。咏者一进入梦境，就说是"和云伴月不分明"。那种恍惚不定、依稀难辨的梦中情景，犹如人的命运之不可主宰。颈联说的是梦中的追求。"庄生蝶"，指庄周做梦化为蝴蝶翩翩飞舞的故事。这里引来点出"梦"。"陶令"即曾做过彭泽县令的陶潜，他与菊花有着不解之缘。这里借来指所要追寻的知音。

　　诗的前半首，其中之意，可证诸黛玉的人生遭遇。林黛玉父母俱丧，寄食于贾府，身世可怜。但是，她的叛逆思想，却是封建贵族大家庭所绝不能容忍的。她怀抱的希望，只能从梦中去寻找，而她所追寻的梦，又是如此轻飘模糊，追不到，摸不到。她在"亿旧"即"梦旧"当中，最终也是不能寻得"海上鸥盟"那样的至交好友的。于是林黛玉唱出"登仙非慕庄生蝶"，把"梦"都了结于"逝者登仙界"的最后归宿之中。

　　诗的后半首写"惊回""醒时"的情景。"醒时幽怨同谁诉"。黛玉有满肚子的"幽怨"，她虽然有视为平生知己的宝玉，但是又没有谁可倾诉。黛玉的《咏菊》诗写过"满纸自怜题素怨"，《问菊》更直白地说"孤标傲世偕谁隐"。这样看来，黛玉存有的"幽怨"，那是她孤高的品格不能融合于贾府的鄙俗；而黛玉的这种品格，又是以她的叛逆思想为基础形成的。可以这样说，封建社会的道德思想，对叛逆者的思想行为的压迫和摧残，是造成林黛玉"幽怨"满怀的最根本原因。林黛玉的"幽怨"，即深藏的哀怨之所以找不到诉说之人，想来曹雪芹原著所写，是黛玉还泪未尽"登仙"之时，宝玉已因贾府事败、抄没而遭祸。所以黛玉梦醒时找不到知己倾诉，剩下的却只有"衰草寒烟无限情"的衰败悲凉的肃杀秋情。

残　菊

露凝霜重渐倾欹①，宴赏才过小雪②时。

蒂有余香金淡泊③，枝无全叶翠离披④。

半床落月蛩声病，万里寒云雁阵迟。

明岁秋风知再会⑤，暂时分手莫相思。

注释

①倾欹（qī）：指菊倾侧歪斜。

②小雪：立冬以后的一个节气，二十四节气中的第二十个。

③余香：实即"余瓣"。金：指菊花的金黄色。淡泊：指颜色暗淡不鲜。

④离披：亦作"披离"，散乱的样子。

⑤知再会：不知能否再见的意思。

赏析

　　《菊花诗》以《残菊》作结，"总收前题之盛"（宝钗语）。盛极而衰，这是自然界不可抗拒的规律，人世亦然。这首诗借描写残菊，暗示了贾府的没落和众人离散的结局。首联中，"露凝霜重"表明贾府所面临的危机日渐严重，大厦已摇摇欲坠，而众人无知无觉，还在宴赏作乐。次联暗示了贾府没落后众人的命运。她们曾经过着锦衣玉食的生活，如今却消损离散，落落寡欢。不光是她们，整个家庭都将"家亡人散各奔腾"。"金淡泊""翠离披"，既写出了往日金翠耀眼的繁华景象，又形象地刻画出了后来的破败情形，可见作者遣词造句的功力。难怪宝玉对这几个字也要心服口服了。这一联写菊花，已经形容到了淋漓尽致的程度，颈联转而写人。"才自精明志自高"，作为一个有才能、有志气的女孩子，探春早已对家族中潜伏的危机有所认识，只是苦于无力回天。他日远嫁异乡，更使她日夜牵挂家中亲人，以致夜不能眠，听着窗外秋虫的叫声越来越弱，天空中，迟归的大雁迎着万里寒云缓缓飞翔，留下凄厉的哀鸣。在这幅阴冷的背景画面中，贾探春强打精神，安慰菊花，也安慰自己："明年的秋天，还有相会的时刻，这只不过是暂时的分离，所以不必过于相思。"这让读者想起了《红楼梦曲·分骨肉》中探春的口气："自古穷通皆有定，离合岂无缘？从今分两地，各自保平安。奴去也，莫牵连！"但是明岁的菊花，已不再是今年的菊花。正如甄士隐在《〈好了歌〉解注》中所唱："衰草枯杨，曾为歌舞场。"人生如梦，而又不是梦；消逝的将会永远消逝，新来的不知何时会来。戏依旧在上演，而主角却换了又换，散场后的落寞，只能由当事人独自体味。

螃蟹咏（贾宝玉）

持螯①更喜桂阴凉，泼醋擂姜②兴欲狂。

饕餮王孙应有酒③，横行④公子竟无肠。

脐间积冷⑤谗忘忌，指上沾腥洗尚香⑥。

原为世人美口腹，坡仙⑦曾笑一生忙。

注 释

①持螯（áo）：拿着蟹钳，也就是吃螃蟹。
②擂姜：捣烂生姜，置姜末于醋中作食蟹的作料。
③饕餮（tāo tiè）：本古代传说中贪吃的凶兽，后常用来说人贪馋会吃，这里即此意。
　王孙：自指，借用汉代刘安《招隐士》中称呼。
④横行：既是横走，又是行为无所忌惮的意思。
⑤脐间积冷：中国传统医药学认为，蟹性寒，不可恣食，其脐（蟹贴腹的长形或团形的浅色甲壳）间积冷尤甚，故食蟹须用辛温发散的生姜、紫苏等来解它。
⑥香：与"腥"同义。
⑦坡仙，即苏轼，字子瞻，自号东坡居士，人亦称其为坡仙，北宋文学家。

赏 析

贾宝玉的《螃蟹咏》，首联领起"持螯赏桂"，重点却在写人的狂态。首句说出在阴凉的桂花树下这一环境中持螯，心境是欢快的，因此诗中着一"喜"字，点出人物心情。次句写出吃螯人的两个细节："泼醋擂姜"，把吃蟹人的粗狂戏耍之态生动真切地表现了出来。这已不是一般的"喜"了，因此诗以"兴欲狂"落在首联。诗的开头，富有生活情趣，"狂"字为全诗定下了基调。

颔联紧承"兴欲狂"而来。"饕餮王孙应有酒"补足"兴欲狂"之意，以酒助兴。此联不但语极豪爽，更兼语带双关。"饕餮王孙"承上而来，显然是以此自比，"横行公子"又与它相对，表面是咏蟹，实是以蟹自喻；表面是说蟹无肝肠却得了个"横行公子"的恶号，实是宝玉借以回答世人对自己的妄评。这就无异于在说，自己之所以行为无所忌惮，不为别的，只是由于自己腹无孔孟之道，对仕途之路毫无兴趣、无动于衷的缘故。咏物诗，无非是托物抒怀。宝玉如此赞扬螃蟹的"横行无忌"，并以此自况，且感情如此激烈，大有"行为偏僻性乖张，那管世人诽谤"的味道，在世人看来，确实是够"狂"的了。

颈联回到吃蟹上来，续写吃蟹人的狂态。诗不明言吃蟹人之狂，只用具体生动的形象说话，写吃蟹人忘了一切顾忌，读者自能体会吃蟹人为饱口腹而贪吃的情态。

尾联顺着上联之势，融汇宋人苏轼的赋意诗境，以自喻的口吻，为自己的贪馋狂态辩解，并结束全诗。苏东坡在《老饕赋》中，曾用铺张的笔法嘲笑一个贪馋忙吃的老饕；在《初到黄州》诗中亦云："自笑平生为口忙，老来事业称荒唐"。宝玉搬出"坡仙"来，还说螃蟹生来就是"为世人美口腹"的，生活情趣熠然而出，读来不禁怡然而笑。他只自嘲而绝不虚伪矫饰，其为人处世之道，不亦昭然乎。

全诗以"持螯赏桂"开头，为自己的贪馋狂态辩解，以自嘲作结，首尾照应。中间二联对仗工稳，且语带双关，句句咏蟹，又句句写人，咏物与言志抒怀关合紧密，写来情性率真，自然地流露了自己的思想性格。这也就无怪乎林黛玉要对它大加赞扬，说"你那个很好，比方才的菊花诗还好"，并要他留着给人看看。

咏螃蟹（林黛玉）

铁甲长戈①死未忘，堆盘色相②喜先尝。

螯封嫩玉双双满，壳凸红脂块块香。

多肉更怜卿八足③，助情谁劝我千觞④。

对斟佳品酬佳节⑤，桂拂清风⑥菊带霜。

注释

①铁甲长戈：喻蟹壳蟹脚。

②色相：佛家语，指一切有色有形之物。借用来说蟹煮熟后颜色好看。

③怜：爱。卿：昵称，这里指蟹。

④助情：助吃蟹之兴。觞：酒杯。

⑤对斟佳品：指蟹，说它是下酒的佳肴。斟，执壶注酒。酬：报答，这里是不辜负、不虚度的意思。佳节：指重阳。

⑥桂拂清风：即"清风拂桂"。

赏析

  诗是为"持螯赏桂"而作，当然要扣紧这一诗题来施展笔墨，所以，诗从二句起，就转写"持螯赏桂"。林黛玉似乎有意应对宝玉的诗作，在诗中，"堆盘色相喜先尝"，对上宝玉的"泼醋擂姜兴欲狂"，接着又同样兴味盎然地大赞蟹螯内鲜嫩的白肉如"嫩玉"，蟹壳内鼓胀的橙红色的蟹黄如"红脂"，八只脚的肉多诱人，等等，甚至还豪兴大发地叫嚷"助情谁劝我千觞"，要邀酒以助兴，简直就同宝玉贪馋忘忌，"饕餮王孙应有酒"的表现如出一辙。宝玉诗以"原为世人美口腹，坡仙曾笑一生忙"作为自嘲，不以食饱口腹为非，黛玉这里则进一步归结到这是"对斯佳品酬佳节"，她认为在"桂拂清风菊带霜"这样美好的时刻，持螯赏桂完全是一件高雅的事情。二人真可谓是心心相印，同气相求。

黛玉的这首诗，可看出，黛玉的性格特点亦不是单一色调的。曹雪芹在写她与宝玉那建立在共同叛逆思想基础上的爱情时，着重表现的是她的伤感愁苦，反映封建势力的重压这一悲凉现实和林黛玉对爱情理想缺乏信心。但是，林黛玉也不是没有欢乐兴奋、热情洋溢的时候，这首《咏螃蟹》就体现出她性格中的这一点。从另一方面说，林黛玉处于寄人篱下的境遇之中，爱使小心眼，但是，她同时也还是个天真烂漫、聪敏纯洁、心直口快的少女。她的这一首诗，写得一往情深而又率直明快，就是明证。曹雪芹呈现在我们面前的黛玉是一个完整的、生动的、让人爱的少女形象。

咏螃蟹（薛宝钗）

桂霭①桐阴坐举觞，长安涎口盼重阳②。
眼前道路无经纬③，皮里春秋空黑黄④！
酒未涤腥还用菊⑤，性防积冷⑥定须姜。
于今落釜成何益⑦？月浦空余禾黍香⑧。

注释

①霭（ǎi）：云气。这里指桂花香气。
②长安涎口：京都里的馋嘴。佳节吃蟹是豪门贵族的习好，故举长安为说。盼重阳：《红楼梦》诗多含隐义，菊花诗与蟹诗共十五首，明写出"重阳"的三首，即宝钗所作的三首。这很值得注意。正如"清明涕送江边望""清明妆点最堪宜"等诗句，看来与探春后来远嫁的时节有关一样，宝钗始言"重阳会有期"，继言"聊以慰重阳"，这里又说"涎口盼重阳"。可见，"重阳"当与后半部佚稿中写宝钗的某情节有关。
③经纬：原指织机上的直线与横线，此处指道路的纵横，引申指纵横、法度。
④皮里：壳里，即肚子里。活蟹的膏有黄的黑的不同的颜色，故以"春秋"说花色不同。空黑黄：就是花样多也徒劳的意思，因蟹不免被人煮食。
⑤涤腥：抵消腥气。用菊：指所饮非平常的酒，而是菊花酒。传说重阳饮菊花酒可辟除恶气。

⑥性防积冷：蟹性寒，食之须防积冷。

⑦落釜：放到锅子里去煮。成何益：意谓横行和诡计又有何用。

⑧月浦：有月光的水边，指蟹原来生长处。诗中常以"月"点秋季。空余禾黍香：就蟹而言，既被人所食，禾黍香已与它无关。

赏析

同是咏蟹，薛宝钗的《螃蟹咏》却塑造了螃蟹的另一种形象，当然，也塑造了她与宝玉、黛玉完全不同的自我形象。看来，她是由于不满贾宝玉、林黛玉二人的《螃蟹咏》中对螃蟹的表现而写下这首诗的，确实如她自己说的，是"勉强了一首"。

首先，薛宝钗的诗，虽也写了人们的吃蟹赏桂，但写来却缺乏生活情趣。首联写人们坐在飘散着桂花香气的桐荫之下喝酒吃蟹，也引了典故"长安涎口"来表现人们的好吃贪馋，说人们就像唐玄宗时代那个已经喝了三斗酒、在上朝的路上碰上运曲酒的车子还要口中流涎的李汝阳（李琎）一样贪馋好吃，语近揶揄，但却没有丝毫的幽默感。原因就在于其本意原就不在写人们的"持蟹赏桂"，而在于通过贬蟹以"讽刺世人"，所以诗中显露的是对螃蟹的极端厌恶的感情。她写人们的贪馋好吃，是为表现她恨不得将蟹吃掉而后快的感情服务的，恶意包藏其中，气氛当然也就难于活跃起来了。颈联的"酒未敌腥还用菊，性防积冷定须姜"，还一本正经地以训导的口吻道出，表现了她那时时事事讲求端庄、稳重的性格特点，缺乏的是那少女的天真和热情。

诗中最能反映宝钗的思想性格的是颔联和尾联。颔联是说螃蟹不管眼前的道路，只是一味横行；摆上桌来，样子好看肚子里却只有黑色的膏膜和黄黄的蟹黄而已。诗写出来之后，众人的评论是：小题目内寓有大意思，而且是"讽刺世人太毒了些"。这也说明，薛宝钗是借题发挥，借贬螃蟹以斥责不守礼法、背弃仕途的叛逆行为。有人认为，薛宝钗这两句是在暗骂宝玉不走正路，一肚子"异端邪说"，这也是有一定道理的。因为"眼

前道路无经纬，皮里春秋空黑黄"，从文字到内涵，明眼人都看得出来，她是对着宝玉来的，是针对宝玉的"横行公子却无肠"一句所作的辩争。诗进入尾联，"于今落釜成何益，月浦空余禾黍香"，是说螃蟹横行得不到任何好处，最后还是要落入釜中被人吃掉，没有好的下场。"月浦空余禾黍香"，意思是螃蟹被吃掉了，月夜水边就只剩下了禾黍香。"空余"一词，对螃蟹来说是嘲讽，对贾宝玉等这些不合世俗、不走正路的人来说，是警诫规劝，露出的是封建卫道者的面孔。但是对螃蟹所持的深恶痛绝的感情态度，已是大失淑女的风范了。

第四十五回

代别离·秋窗风雨夕

秋花惨淡秋草黄，耿耿秋灯秋夜长[①]。

已觉秋窗秋不尽，那堪风雨助凄凉！

助秋风雨来何速？惊破秋窗秋梦绿[②]。

抱得秋情不忍眠[③]，自向秋屏移泪烛。

泪烛摇摇爇短檠[④]，牵愁照恨动离情。

谁家秋院无风入？何处秋窗无雨声？

罗衾不奈秋风力[⑤]，残漏声催秋雨急[⑥]。

连宵脉脉复飕飕[⑦]，灯前似伴离人泣。

寒烟小院转萧条[⑧]，疏竹虚窗时滴沥[⑨]。

不知风雨几时休，已教泪洒窗纱湿。

注 释

①耿耿：微明的样子，也形容心中不宁。这里字面上是前一义，要表达的意思上兼有后一义。

②秋梦绿：秋夜梦中所见草木葱茏的春夏景象。

③秋情：指秋天景象所引起的感伤情怀。

④摇摇：指烛焰晃动。爇（ruò）：点燃。檠（qíng）：灯架，蜡烛台。

⑤罗衾：丝绸面子的被褥。不奈：不耐，不能抵挡。

⑥残漏：夜里将尽的更漏声。

⑦连宵：整夜。脉脉：通"霢霢"，细雨连绵。飕飕：状声词，形容风声。

⑧寒烟：秋天的细雨或雾气。

赏 析

　　《秋窗风雨夕》的用意，如果不加深求，可以说与《葬花吟》一样，都不妨看作是林黛玉伤悼身世之作，所不同的是它已没有《葬花吟》中那种抑塞之气和傲世态度，显得更加苦闷、颓伤。这可以从以下的情况得到解释：黛玉当时被病魔所缠，宝钗对她表示关心，使她感激之余深自悔恨，觉得往日种种烦恼皆由自己多心而生，以致自误到今。黛玉本来脆弱，如今，在病势加深的情况下，又加上了这样的精神负担，自然会更加消沉。但是，作者写此诗并非只为了一般地表现黛玉的多愁善感，细究其深意，就会会发现一些问题。首先，无论是《秋闺怨》《别离怨》或者《代别离》这类题目，在乐府中从来都有特定的内容，即只写男女别离的愁怨，而并不用来写背乡离亲、寄人篱下的内容。何况，此时黛玉双亲都已过世，家中又别无亲人，诗中"别离""离情""离人"等用语更是用不上的。

　　再从其借前人"秋屏泪烛"诗意及所拟《春江花月夜》原诗来看，也都写男女别离之思。可见，要说"黛玉不觉心有所感"，感的是她以往的身世遭遇是很难说得通的。这只能是写一种对未来命运的隐约预感，而这一预感倒恰恰被后半部佚稿中宝玉获罪被拘走而与黛玉生离死别的情节所证实，曹雪芹的文字正有这种草蛇灰线的特点。《红楼梦曲》中写黛玉的悲剧结局是："想眼中能有多少泪珠儿，怎禁得秋流到冬，春流到夏！"脂砚斋所读到的潇湘馆后来的景象是："落叶萧萧，寒烟漠漠。"这些也都在这首诗中预先做了写照。

第四十八回

香菱咏月诗三首

其一

月挂中天夜色寒，清光皎皎影团团①。
诗人助兴常思玩，野客添愁不忍观②。
翡翠楼边悬玉镜，珍珠帘外挂冰盘。
良宵何用烧银烛，晴彩③辉煌映画栏。

其二

非银非水④映窗寒，试看晴空护玉盘。
淡淡梅花香欲染，丝丝柳带露初干。
只疑残粉涂金砌⑤，恍若轻霜抹玉栏。
梦醒西楼人迹绝，余容犹可隔帘看⑥。

其三

精华⑦欲掩料应难，影自娟娟魄自寒。
一片砧敲千里白，半轮⑧鸡唱五更残。

绿蓑⑨江上秋闻笛，红袖楼头夜倚栏。

博得嫦娥应借问，缘何⑩不使永团圆。

注 释

①团团：团圆。

②野客：山野之人，多指贫居不仕或对现实不满者，所以说"添愁"。

③晴彩：辉煌的光彩。

④非银非水：不像银不似水。

⑤残粉涂金砌：阶台边沿涂上了一层淡淡的白粉。粉：指金粉，即铅粉。残：言其淡薄。金砌：涂饰金粉的台阶。

⑥隔帘看：隔帘遥观。

⑦精华：月亮的光华。

⑧半轮：残月。

⑨绿蓑：防雨的蓑衣，古用草编，故言"绿"指代"野客"。

⑩缘：缘故，原因。何：为什么。

赏 析

  第四十八、四十九回书里写了一段香菱学诗的故事。这位由小姐沦为奴婢的聪明姑娘，受了大观园女诗人们的熏染，一心想学作诗，拜黛玉为师，专心致志，冥思苦想，由不会到会，终于写出比较像样的诗来。这三首诗代表了她学诗的三个阶段。

  这三首诗，一首比一首进步，最后一首最好。

  第一首诗，想象力贫弱，用词也落俗套。如"常思玩""不忍观"，就直白无味；"悬玉镜""挂冰盘"之类也都是现成话，没有新鲜感，所以黛玉批评说"措辞不雅"。

  第二首诗，"梦醒西楼人迹绝，余容犹可隔帘看"，已经有些诗味了，但"残粉涂金砌""轻霜抹玉栏"之类的句子，刻意追求所谓的"雅"，结果显得牵强、生硬，所以黛玉批评说："过于穿凿了。"

  第三首诗，由"一片砧声"的初夜，写到"半轮鸡唱"的天明，联想到旅人思乡和怨女思夫，并借嫦娥之口向命运之神发出疑问，表达自己对理想生活的向往，意境比起前两首开阔多了，内容也丰富了。而且名句之间不是简单的堆砌，有了内在联系，形成了完整的诗的意境。所以黛玉称赞说："这首不但好，而且新巧有意趣。可知俗话说：天下无难事，只怕有心人。"

在第三首诗中，似乎还寓有香菱身世的淡淡影子。"精华欲掩料应难"，是说她出身高贵，她的聪明和才华总要表现出来。"影自娟娟魄自寒"，是说她本质美好清白。"缘何不使永团圆。"又像是对她自小与家人离散的命运的质问。

第五十回

芦雪庵即景联句诗

（凤姐：）一夜北风紧，（李纨：）开门雪尚飘。

入泥怜洁白，（香菱：）匝地惜琼瑶。

有意荣枯草，（探春：）无心饰萎苕①。

价高村酿熟，（李绮：）年稔府粱饶②。

葭动灰飞管，（李纹：）阳回斗转杓。

寒山已失翠，（岫烟：）冻浦不闻潮。

易挂疏枝柳，（湘云：）难堆破叶蕉。

麝煤融宝鼎③，（宝琴：）绮袖笼金貂。

光夺窗前镜，（黛玉：）香粘壁上椒。

斜风仍故故，（宝玉：）清梦转聊聊。

何处梅花笛？（宝钗：）谁家碧玉箫④。

鳌愁坤轴陷，（湘云：）龙斗阵云销。

野岸回孤棹，（宝琴：）吟鞭指灞桥。

赐裘怜抚戍，（湘云：）加絮念征徭。

坳垤审夷险，（宝钗：）枝柯怕动摇。

皑皑轻趁步，（黛玉：）翦翦舞随腰。

煮芋成新赏，（宝玉：）撒盐是旧谣。

苇蓑犹泊钓，（宝琴：）林斧不闻樵。

伏象千峰凸，（湘云：）盘蛇一径遥。

花缘经冷聚，（探春：）色岂畏霜凋。

深院惊寒雀，（岫烟：）空山泣老鸮。

阶墀随上下，（湘云：）池水任浮漂。

照耀临清晓，（黛玉：）缤纷入永宵⑥。

诚忘三尺冷，（湘云：）瑞释九重焦。

僵卧谁相问，（宝琴：）狂游客喜招。

天机断缟带，（湘云：）海市失鲛绡。

（黛玉：）寂寞对台榭，（湘云：）清贫怀箪瓢。

（宝琴：）烹茶水渐沸，（湘云：）煮酒叶难烧⑦。

（黛玉：）没帚山僧扫，（宝琴：）埋琴稚子挑。

（湘云：）石楼闲睡鹤，（黛玉：）锦罽暖亲猫。

（宝琴：）月窟翻银浪，（湘云：）霞城隐赤标。

（黛玉：）沁梅香可嚼，（宝钗：）淋竹醉堪调。

（宝琴：）或湿鸳鸯带，（湘云：）时凝翡翠翘。

（黛玉：）无风仍脉脉，（宝琴：）不雨亦潇潇⑧。

（李纨：）欲志今朝乐，（李绮：）凭诗祝舜尧。

注释

①饰：装饰。苕：苕花，秋开冬萎，开时一片白，诗中多喻雪。

②年稔：年成好。稔，庄稼成熟。古人以为"雪是五谷之精"，冬雪大瑞，便得"年登岁稔"。府梁饶：官仓粮食很多。

③麝煤：本谓合麝香的烟墨，此指芳香燃料。融：炊烧使气上腾。鼎：鼎炉。
④梅花笛：因《梅花落》笛曲而名。碧玉箫：指箫截竹制成，以碧玉喻翠竹。
⑤坳：低洼地。垤：小土堆。审：细察。夷：平坦、安全。
⑥永宵：长夜，冬季夜长。
⑦渐：迟，很慢。冰雪之水，因此难沸；柴叶沾湿，所以烧不着。
⑧脉脉、潇潇：都是风雨潇洒的样子，这里用以形容雪之纷纷扬扬。

赏 析

第五十回书中写大观园群芳在芦雪庵赏新雪，烤鹿肉，大吃大嚼一番，接着热热闹闹地作出这首即景联句诗。

所谓"联句"，就是两人或多人共同来作一首诗，或者说共同来凑成一首诗。通常的做法是：由一人先作一句开头；第二个人对上这句，再起一句；下一个人再对这句，又起一句……依次这样作下去，直至作完为止。

在这次联句中，最活跃的人物是湘云、黛玉和宝琴，联到后面竟不顾联句的规矩，你一句我一句地抢作起来，显得十分有趣。

联句诗多为游戏取乐而作，参加者争强斗胜，力求压倒对方，所以极事铺张，堆砌概念和辞藻，虽偶有佳句，但合起来极难形成一首好诗。古来联句诗可谓多矣，但经久传诵的却一首也没有，就是这个原因。这一首联句诗当然是曹雪芹一个人作的，照顾到联句诗的上述特点，就不能写得很精彩，否则就失真了。

芦雪庵联句是大观园中的盛事之一。这首联句诗同书中其他诗词的不同点之一，是充满了富贵享乐的情绪，绝少颓丧的情调。其中还有若干"颂圣"的句子，如"年稔府梁饶""赐裘怜抚戍""瑞释九重焦""凭诗祝舜尧"之类，简直就等于说感谢皇上赐给我们这么美好的生活了。这是作者为避开"伤时骂世"的嫌疑，作的"称功颂德"的表面文章。同时，写这场"良辰美景，赏心乐事"，渲染"极盛"，也是为了反衬将来的"极衰"，也就是秦可卿说的那句"登高必跌重"，反差越大，越能震撼人心。

咏红梅花三首

咏红梅花得"红"字

桃未芳菲杏未红，冲寒先喜笑东风。

魂飞庾岭①春难辨，霞隔罗浮梦未通。

绿萼添妆融宝炬②，缟仙扶醉跨残虹③。

看来岂是寻常色，浓淡由他冰雪中。

咏红梅花得"梅"字

白梅懒赋赋红梅，逞艳先迎醉眼开。

冻脸④有痕皆是血，酸心⑤无恨亦成灰。

误吞丹药移真骨，偷下瑶池脱旧胎。

江北江南春灿烂⑥，寄言蜂蝶漫疑猜⑦。

咏红梅花得"花"字

疏是枝条艳是花，春妆儿女竞奢华。

闲庭曲槛无余雪⑧，流水空山有落霞。

幽梦冷随红袖笛，游仙香泛绛河槎⑨。

前身定是瑶台种，无复相疑色相差。

注 释

①庾岭：即大庾岭，中国南部山脉，位于江西与广东两省边境，盛植梅树。

②绿萼：梅花绿色的称绿萼梅，这里借梅拟人，说"萼绿"，即仙女萼绿华，故曰"添妆"。宝炬：指红烛。

③扶醉：醉需人扶。以"醉"颜点出花红。残虹：虹以赤色最显，形残时犹可见，也借以喻花红。

④冻脸：因花开于冰雪中，颜色又红，故喻之。

⑤酸心：梅花花蕊孕育梅子，故言酸。无恨亦成灰：待到时过，虽无怨恨，花亦乌有，所以说"成灰"。

⑥春灿烂：因红梅色似春花才这样说的，非实指。当时还是冰雪天气。

⑦蜂蝶：多喻轻狂的男子。漫：莫，不要。

⑧闲庭：幽静的庭院。余雪：喻白梅。此句通过写景含蓄地说梅花不是白梅，而是红梅。

⑨泛：漂浮，乘舟。绛河：传说中仙界之水。槎（chá）：木筏。

赏析

随着封建制度日趋衰落，当时的豪门，特别是贵族人士，在精神上也日益空虚，作诗竟成了一种消磨时光和精力的娱乐。他们既然除了"风花雪月"之外别无可写，也就只得从限题、限韵等文字技巧方面去斗智逞能。小说中已换过几次花样，这里每人分得某字为韵，也是由来已久的一种唱和形式。描写这种诗风习俗，客观上反映了当时这一阶层人物无聊的精神状态。

从人物描绘上说，邢岫烟、李纹、薛宝琴都是初出场的角色，应该有些渲染。但她们刚到贾府，与众姊妹联句作诗照理不应喧宾夺主，所以芦雪广联句除宝琴所作尚多外，仍只突出湘云。众人接着要她们再赋红梅诗，是作者的补笔，借此机会对她们的身份特点再作一些提示，当然，这是通过诗句来暗示的。作者曾借凤姐的眼光介绍邢岫烟虽"家贫命苦"，"竟不像邢夫人及他的父母一样，却是个极温厚可疼的人"（四十九回）。她的诗中红梅冲寒而放，与春花难辨，虽处冰雪之中而颜色不同寻常，隐约地包含着这些意思。李纹姊妹是李纨的寡婶的女儿，从诗中泪痕皆血、酸心成灰等语来看，似乎也有不幸遭遇，或是表达丧父之痛。"寄言蜂蝶"莫作轻狂之态，可见其自恃节操，性格上颇有与李纨相似之处，大概是注重儒家"德教"的李守中一族中共同的环境教养所造成的。薛宝琴是"四大家族"里的闺秀，豪门千金的"奢华"气息比其他人都要浓些。小说中专为她的"绝色"有过一段抱红梅、映白雪的渲染文字。她的诗仿佛也在作自画像。

访妙玉乞红梅

酒未开樽句未裁①，寻春问腊到蓬莱②。

不求大士瓶中露③，为乞嫦娥槛外梅④。

入世冷挑红雪去，离尘香割紫云来⑤。

槎枒谁惜诗肩瘦⑥，衣上犹沾佛院苔⑦。

注 释

①开樽：动杯，开始喝酒。樽：酒杯。句未裁：诗未作。裁：构思，推敲。

②寻春问腊：即乞红梅。以"春"点红，以"腊"点梅。蓬莱：以比出家人妙玉所居的栊翠庵。

③大士：指观世音菩萨。这里以观世音比妙玉。瓶中露：佛教宣传以为她的净瓶中盛有甘露，可救灾厄。

④槛外：栏杆之外。又与妙玉自称"槛外人"巧合。

⑤这两句是诗歌的特殊修辞句法，将栊翠庵比为仙境，折了梅回"去"称"入世"，"来"到庵里乞梅称"离尘"。梅称"冷香"，所以分"冷""香"于两句中。"挑红雪""割紫云"都喻折红梅。

⑥槎枒：亦作"楂枒""查牙"，形容瘦骨嶙峋的样子。这里说因冷耸肩，写自己踏雪冒寒往来。诗肩瘦：原谓贫寒与苦吟使诗人的肩胛耸起，后形容诗人苦吟。

⑦佛院苔：指栊翠庵的青苔。此句意思是说：自己归途中尚念念不忘佛院之清幽。

赏 析

　　贾宝玉自称"不会联句"，又怕"韵险"，作限题、限韵诗每每"落第"。他恳求大家说："让我自己用韵罢，别限韵了。"这并非由于他才疏思钝，而是他的性格不喜欢那些形式上人为的羁缚。为了证明这一点，就让他被"罚"再写二首不限韵的诗来咏他自己的实事。所以，这一次史湘云"鼓"未绝，而贾宝玉诗已成。随心而作的诗就有创新，如"割紫云"之喻借李贺的诗句而不师其意，"沾佛院苔"的话也未见之于前人的作品。诗歌处处流露其性情。"入世""离尘"，令人联想到贾宝玉的"来历"与归宿。不求"瓶中露"，只乞"槛外梅"，贾宝玉后来的出家并非为了修炼成佛，而是想逃避现实，"蹈于铁槛之外"。这些，至少在艺术效果上增强了全书情节结构精细严密的效果。

第五十一回

赤壁怀古

赤壁沉埋水不流^①，徒留名姓载空舟^②。
喧阗一炬^③悲风冷，无限英魂在内游。

注 释

①赤壁：山名，在今湖北省嘉鱼县东北，长江南岸，冈峦壁立，上镌"赤壁"二字。沉埋水不流：言曹军伤亡重大，折戟沉尸于江中，而江水为之阻塞不流。
②"徒留"句：战舰上插帆，上书将帅姓氏，兵败后，空见船上旗号而已。
③喧阗：声音大而杂。一炬：一把火，指三江口周瑜纵火。

赏 析

  书中薛宝琴说："我从小儿走过的地方的古迹不少，我今捡了十个地方的古迹，作了十首怀古的诗……暗隐俗物十件，姐姐们请猜一猜。"此为第一首《赤壁怀古》诗，全诗强调一个"名"字。

  自古以来，"怀古"总是免不了要"伤今"。宝琴在此诗中借赤壁古战场的悲凉，感叹富贵功名终将成空。其中"赤壁沉埋水不流"一句，作者让宝琴用彻悟的眼光看待人生，并似以宝琴之口来问：谁见赤壁还在？水还流？原来建立再多的功业伟绩也只是空留虚名而已。

  从这首诗渲染的凄凉氛围看，此诗应当是在暗指贾家这个繁花似锦的盛势之家，最终也逃不过变成一片茫茫白地的结局。

有人说此谜暗指纸船。古代以烧纸船来祭奠亡灵，纸船最终灰飞烟灭，只留空名。

交趾^①怀古

铜铸金镛振纪纲^②，声传海外播戎羌^③。

马援自是功劳大^④，铁笛无烦说子房^⑤。

注 释

①交趾：公元前3世纪末，南越赵佗侵占瓯雒后所置的郡。公元前111年，汉并南越后受汉统治。公元40年，当地雒民在征侧、征贰领导下起而反抗汉朝统治，遭马援镇压。3世纪以后辖境逐渐缩小。公元589年废。

②金镛：铜铸成的大钟。秦始皇统一六国后，曾收兵器铸金钟和铜人。这里借指马援建立了战功。振纪纲：振兴国家力量，整顿法纪王纲。

③海外：古代泛称汉政权统治区域之外的四邻为海外。戎羌：羌族又称西戎。

④马援：汉将，字文渊，大畜牧主出身，王莽末为汉中太守，后依附割据陇西的隗嚣，继归东汉光武帝刘秀，参加攻灭隗嚣、平定凉州的战争。曾于金城击败先零羌兵，镇压交趾起义。封伏波将军、新息侯。后进击西南武陵少数民族时病死军中。

⑤子房：汉初张良的字。

赏 析

全诗强调一个"功"字。

东汉时马援因平定交趾被封为伏波将军，宝琴此诗就是在称颂他的功绩。马援的经历同贾家人立功受封的过程类似。贾家先祖也是因为"护圣"有功才被封为"宁国公""荣国公"，贾家也因此一跃成为金陵四大家族之首。宝琴此诗是在借马援功成名就的事迹来影射贾家的兴盛史。

有人说此谜谜底是"喇叭"。喇叭在古代是军中的吹器，用来传达号令。诗中作者赞美喇叭建功甚大，也是对贾家先祖的一种褒扬。

钟山^①怀古

名利何曾伴汝身，无端被诏出凡尘^②。

牵连^③大抵难休绝，莫怨他人嘲笑频^④。

注释

①钟山：亦称钟阜、北山，即今南京市东北的紫金山。
②无端：平白无故，也是讥语。被诏：指奉命出为海盐县令。出凡尘：离开隐舍，出来到尘世上做官。
③牵连：指世俗的种种牵挂、连累。
④嘲笑频：历来嘲笑隐士"身在江海上，心居魏阙之下"者甚多，不独孔稚珪之讥讽周颙。

赏析

全诗强调一个"利"字。

南朝齐代的孔稚珪曾作《北山移文》。文中说，周颙曾在建康的北山——"钟山"隐居，清高不仕，后来他出任海盐令，当他再次经过钟山时，遭到钟山山灵的讥笑和谩骂。其实，孔稚珪这篇文章，不过是一篇游戏之作，历史上的周颙并没有经历这些事。宝琴此诗是对《北山移文》内容的进一步发挥。这首怀古诗的用意也很明显，就是讥讽那些自命清高的"隐士"和"名流"。

有人说此谜谜底是"拔不倒"，也就是我们现在所说的"不倒翁"。《清稗类钞》对其有描绘："头锐能钻，腹空能受。冠带尊严，面和心垢。状似易倒，实立不扑。"好一副贪利负义的嘴脸！

淮阴^①怀古

壮士须防恶犬欺^②，三齐位定盖棺时。

寄言世俗休轻鄙，一饭之恩死也知^③。

注 释

① 淮阴：秦代所置的县，即今江苏省靖江市，故城在其东南。
② "壮士"句：指韩信年轻贫贱时曾遭淮阴恶少的欺侮，当时，他被迫从人家的裤裆底下钻过去。
③ "一饭"句：韩信有一次在城下钓鱼，一个洗衣妇可怜他饥饿，给他饭吃。后来韩信封王时，召见这个洗衣妇，赐赠千金以报答她的"一饭之恩"。

赏 析

全诗强调一个"欺"字。

此诗选取了韩信一生中两件重要的事情作为内容：一个是受胯下之辱，一个是受漂母一饭之恩。诗中"寄言世俗休轻鄙"一句，将诗作主题讲得很明白：奉劝世人不要欺负、轻视落魄之人，因为人生枯荣难料。

有人说此谜谜底是人死后的一种祭祀之物——"打狗棒"。据记载："灵前供饭一盂，集秋秸七枝，面裹其头，插盂上，曰'打狗棒'。"而清代也有种迷信说法认为人死后，魂魄要经过所谓的"恶狗村"，到时会有许多恶狗出来扑噬，如果有了"打狗棒"，就可以顺利通过。从此诗中的"恶犬""三齐""一饭"等词可见，"打狗棒"为谜底的说法还是比较可信的。

广陵①怀古

蝉噪鸦栖②转眼过，隋堤风景近如何③？

只缘占得风流号，惹出纷纷口舌多。

注 释

① 广陵：古郡、县名。广陵郡，隋时先称扬州，又改为江都郡，治所在今江苏省扬州市。
② 蝉噪鸦栖：柳树上多蝉和鸦，借以说隋堤景物。
③ "隋堤"句：其实就是问当年的繁华欢乐如今是否还在。

赏析

全诗强调一个"转"字。

此诗表面上是宝琴在吟咏京杭大运河两岸的隋堤，实际上是作者在暗讽贾府。"蝉噪鸦栖转眼过"，作者借隋堤两岸蝉噪鸦栖、繁花似锦的流逝，来暗指贾府的繁荣也将成为过眼云烟。"只缘占尽风流好，惹得纷纷口舌多"，贾府繁荣时，其子弟们多风流堕落；当贾府败落时，那些子弟们的风流往事必将成为人们谈论不止的话题。

有人说此谜谜底是"垂柳"，也有人说是"以柳木制成的牙签"，从"占"和"口舌"等词来看，似乎"牙签"更贴切。

桃叶渡①怀古

衰草闲花映浅池，桃枝桃叶总分离②。
六朝梁栋多如许，小照空悬壁上题③。

注释

①桃叶渡：在今南京市秦淮河与青溪合流处。桃叶是晋代王献之的妾，曾渡河与献之分别，献之在渡口作《桃叶歌》相赠，桃叶作《团扇歌》以答。后人就叫这渡口为桃叶渡。
②梁栋：大臣的代称。王献之曾为中书令。多如许：多半如此。指难免都会有离别亲人的憾恨。
③小照：画像。空悬：徒然地挂着。此句意思是说：题着字的壁上空悬着小照。

赏析

全诗强调一个"离"字。

此诗讲述了王献之与爱妾桃叶在桃叶渡分离的故事。全诗格调低沉、伤感。贾府败落后众人生离死别的情形，与此诗所描绘的情景颇为相似。

有人说此谜谜底是"秋桐"，也有人说是"油灯"。从诗中的"映""照"二字看，"油灯"似乎更可信。

青冢①怀古

黑水茫茫咽不流②，冰弦拨尽曲中愁③。
汉家制度诚堪叹，樗栎应惭万古羞④。

注 释

①青冢：王昭君的墓。传说在内蒙古呼和浩特市南。
②黑水：黑河，即今呼和浩特市南之大黑河。咽不流：以流水硬咽不流极写愁怨。
③冰弦：一种蚕丝所制成的琵琶弦。
④樗栎（chū lì）：樗和栎指两种树名，古人认为这两种树的质地都不好，不能成材。后以"樗栎"喻才能低下。亦用为自谦之词。此处讥讽汉元帝。樗：臭椿。羞：蒙羞。

赏 析

全诗强调一个"羞"字。

此诗以"青冢"为题材，描述了王昭君身不由己远嫁塞外的悲怨，同时也谴责了汉元帝的无能。而联想到贾家的衰败，大观园群芳的悲惨命运也是由贾府无能的男人们造成的。如此一来，此诗又隐晦地讥讽了贾府中那些峨冠博带的"须眉浊物"，他们才是应当羞惭之人。

有人说此谜谜底是"墨斗"，墨斗是工匠师傅用来规划木材的器具，它代表了一种约束。而贾府子弟正是因为缺少管束，胡作非为、腐败堕落，才导致了家族最终的衰败。

马嵬①怀古

寂寞脂痕渍汗光②，温柔一旦付东洋③。
只因遗得风流迹，此日衣衾尚有香。

注释

①马嵬（wéi）：马嵬驿，亦叫马嵬坡，在长安西百余里处（今陕西省兴平市西），杨贵妃死于此。

②渍：液体粘在东西上。此句意思是说：脸上毫无生气，脂粉被亮光光的汗水所玷污。写杨贵妃缢死时的面相。

③一旦：一天；一天之内。付东洋：付诸东流，成空。

赏析

全诗强调"付东洋"三字，而这三字的意思分明就是"死"。

此诗以杨贵妃的故事为题材，影射荣、宁二府的风流、堕落。而杨贵妃被缢死于马嵬坡，又似乎是在暗示贾府必然衰亡的结局。

有人认为此谜谜底是"香皂"。诗的一、二句是说沾染了脂痕汗渍的衣物要先用香皂揉搓，然后再用水漂洗。"柔"谐音"揉"；"付东洋"，即付诸东流之意。而三、四句是说衣服晾干后，上面还留有余香。

蒲东寺①怀古

小红骨贱最身轻②，私掖偷捞强撮成③。
虽被夫人时吊起，已经勾引彼同行④。

注释

①蒲东寺：唐代元稹《莺莺传》（一名《会真记》）和元代王实甫据此改编的杂剧《西厢记》中所虚构的佛寺名叫普救寺，因在蒲郡之东，所以又称蒲东寺。

②小红：指莺莺的婢女红娘。骨贱、身轻：红娘是一个不苟同于传统礼教的女仆，她主动、热情地帮助张生和莺莺，在薛宝琴这样的贵族小姐看来，不安分的红娘是所谓骨头生得轻贱。

③掖：用手扶着别人的胳膊。此句指红娘为双方撮合。

④吊起：指拷打。勾引：勾结串通。

赏析

　　此诗咏叹了《西厢记》中机智勇敢的红娘。严格说来，此诗不能叫作"怀古诗"，因为《西厢记》的故事本来就是虚构的。但是连黛玉都说大可不必"胶柱鼓瑟"，那就姑且将它归入"怀古诗"吧！从"勾引"二字分析，此诗应是影射了荣、宁二府的风流韵事。

　　有人说此谜谜底是"爆竹"，也有人说是"红天灯"。从意思上看来二者皆可，然而从诗中"强撮成"一词来看，"爆竹"为谜底还是比较恰当的。

梅花观怀古①

不在梅边在柳边，个中谁拾画婵娟②？
团圆莫忆春香到，一别西风又一年③。

注 释

①梅花观：明代汤显祖戏曲《牡丹亭》中写杜丽娘抑郁成疾，死后葬于梅花观后面梅树之下。柳梦梅旅居该观，与丽娘鬼魂相聚，并受托将她躯体救活。后二人结为夫妻。
②个中：此中。拾画婵娟：指柳梦梅在观中拾得杜丽娘的自画像。婵娟：美好的样子，多形容女子。
③春香：杜丽娘的婢女。此句意思是说：不要去回想春香来到而得团圆的情景，别离以来，西风又起，又过去一年了。

赏析

　　同上首诗一样，此诗咏叹的也是戏剧中虚构的人物——《牡丹亭》中的杜丽娘。杜丽娘和柳梦梅生死不离的爱情，与宝、黛的爱情颇为相似。但杜、柳二人最终得到了美满姻缘，而宝、黛最后却天人永隔。

有人说此谜谜底是"纨扇"，与诗句十分吻合。首句说纨扇上的花木衬景多画杨柳，不画梅花，因为梅花是冬景，与纨扇不协调。次句说画中常常绘有仕女，这也符合实际情况的。而第三句中的"团圆莫忆"是说中秋佳节时天气已凉，人们不用扇子了。至于末句的意思是，待春日重新取用纨扇时，已经又是新的一年了。

第五十二回

真真国女儿诗

昨夜朱楼梦[①]，今宵水国吟[②]。

岛云蒸大海[③]，岚气接丛林[④]。

月本无今古，情缘自浅深[⑤]。

汉南春历历[⑥]，焉得不关心[⑦]？

注 释

①朱楼：即红楼，指代贵族之家。

②水国：环海之地，岛国。

③蒸：蒸腾。

④岚气：山峦中的雾气。亦指岛上景象。

⑤缘：因为。自：本有。

⑥汉南：本言汉水之南，这里非实指，是用典，语出北朝庾信《枯树赋》："昔年移柳，
依依汉南；今看摇落，凄怆江潭；树犹如此，人何以堪！"后用此典，亦都通过杨柳
来表达人生易老、俯仰今昔、不堪迟暮之感。春：春色，指"朱楼"之柳色。历历：
历历在目，看得清清楚楚。

⑦焉得：怎能。

赏 析

　　薛宝琴说自己八岁时曾跟父亲到西海沿上买洋货，见到一个真
真国里的很漂亮的女孩子，十五岁，会讲"五经"，能作中国诗词。

这首五律，据宝琴说就是那位"外国美人"作的。众人听了，都道："难为他，竟比我们中国人还强。"

薛宝琴所说的"外国美人"作中国诗的奇闻，姑且不论真假，但这在当时是有一定的现实基础的。清朝时期，我国的民族文化在对外交流中曾产生过很大的影响，工商交通事业和海外贸易都有新的发展，当时就有一批像薛宝琴父亲那样为皇家出海经办洋货的豪商。

新来贾府的四位姑娘中，薛宝琴是作者花笔墨最多、重点描写的人物，她的命运在八十回之后不会没有交代。而且根据作者总用诗词隐写大观园女儿们命运的惯例，宝琴的后事也必定有诗暗示。她所写的《怀古绝句》只暗示别人的命运，她所口述的《真真国女儿诗》才隐喻着她自己的将来。那个"外国"名"真真"，岂不就是"真真假假"的意思？其实，这位十五岁作诗的"外国美人"也就是宝琴自己。

"昨夜朱楼梦，今宵水国吟"，是说我昨夜还在家中的红楼做着美梦，今天晚上就在海上低咏慢吟。"岛云蒸大海，岚气接丛林"，是说海水蒸腾而成岛上的云霞，山峦中的雾气笼罩着丛林。"月本无今古，情缘自浅深"，意思是说：古时的月亮与今天的本无区别，因为人的感情有深浅不同，所以多情人便会对月亮发生感慨。"汉南春历历，焉得不关心"，意思是说：回想起来昔时情景如在眼前，这叫人怎么能不关心、向往呢？

全诗说自己憔悴流落于云雾山岚笼罩着的海岛水国，昨日红楼生活已成梦境，而今只能独自对月吟唱，忆昔抚今，不胜伤悼。

第六十四回

五美吟

西施

一代倾城逐浪花，吴宫空自忆儿家①。

效颦莫笑东村女②，头白溪边尚浣纱。

虞姬

肠断乌骓夜啸风，虞兮幽恨对重瞳③。

黥彭甘受他年醢④，饮剑何如楚帐中⑤？

明妃

绝艳惊人出汉宫⑥，红颜命薄古今同。

君王纵使轻颜色，予夺权何畀画工⑦？

绿珠

瓦砾明珠一例抛，何曾石尉重娇娆⑧？

都缘顽福前生造，更有同归慰寂寥。

红拂

长揖雄谈态自殊，美人巨眼识穷途。

尸居余气杨公幕⑨，岂得羁縻女丈夫⑩？

注 释

①儿家：古代女子自称，此处指代西施。

②效颦（pín）：相传西施家乡东村有女子，貌丑，人称东施，因见西施"捧心而颦（皱眉）"的样子很美，也学着捧心而颦，结果反而更丑。

③虞兮：用项羽《垓下歌》中原词。虞，即虞姬；兮，语气词。重瞳：一只眼睛里有两个瞳孔。指项羽。《史记·项羽本纪》："又闻项羽亦重瞳子。"

④黥（qíng）彭：黥布和彭越，与项羽同为秦汉之际崛起的诸侯，归附刘邦，为西汉开国功臣，初封异姓王，后以谋反罪被处死。醢（hǎi）：肉酱。这里指剁尸剐肉的酷刑，相传由商纣王所创，用以对付九侯，但也有对活人使用者。彭越斩首后即被处以醢刑。

⑤饮剑：自刎。何如：还不如。

⑥出汉宫：指出塞和亲事。

⑦予：赐予，加宠。夺：剥夺，弃置。畀（bì）：给。此句的意思是：为什么把决定权交给画工呢？

⑧石尉：指石崇，字季伦，曾任散骑常侍，侍中、南蛮校尉，故世称石尉。娇娆：妩媚柔美的样子，指绿珠等石崇的姬妾。

⑨尸居余气：用以说人将死，意思是虽存余气，而形同尸体。语出《晋书》。杨公幕：杨素的府署。

⑩羁縻（mí）：羁绊，留住。女丈夫：指红拂。后人称她与李靖、虬髯客为"风尘三侠"。

赏 析

这是林黛玉惜"古史中有才色的女子"寄慨之作，也可以看作曹雪芹的一组咏史怀古之作，所写的人事其实并非都据史实。《西施》中东施效颦故事出自《庄子》，带有寓言性质。《明妃》中写的是王昭君的故事，《西京杂记》中所写昭君不肯贿赂画工以致不为元帝所知被诏使出塞的情节只是传说。至于《红拂》中的红拂形象，严格说，并不是一个历史人物，而是唐代小说家杜光庭《虬髯客传》小说中人物，姓张，原为隋大臣杨素的家伎。李靖以一介布衣之士，欲上奇策于杨素，遭到踞见，当面责素道："天下方乱，英雄竞起，公为帝室重臣，须以收罗豪杰为心，不宜见宾客。"杨素身边罗列的姬妾中有红拂，一眼看准李靖，当夜即相私奔。后来二人遇到一位奇侠虬髯客，得到一笔厚赠，成为李靖赞助李世民建功立业的资本。

这组诗中议论本借古讽今，为现实感受而发。第一首诗题咏的是西施。西施本是越国人，却被送入了吴宫，虽然过着锦衣玉食的生活，却无时不在吴宫中思念自己儿时生活过的越国。被人笑话"效颦"

的东施，虽然老了依然在溪边浣纱，却仍在自己的家乡。这首诗表达了一种去国怀乡的忧思之情。黛玉嗟叹"一代倾城"的西施如江水东流，浪花消逝，空忆儿家不得归，其命运之不幸远在白头浣纱的"东村女"之上。这是写她自己寄身于四顾无亲的贾府，预感病体难久的悲哀。第二首诗题咏的是虞姬。四面楚歌声中，乌骓马在夜风中嘶鸣，虞姬与项羽在帐中四目相对，此刻应是满腹的绝望与悔恨。黥布作为项羽帐下将领之一，却叛楚投汉，汉朝建立后又起兵反汉，因谋反罪被杀。彭越作为刘邦麾下战功显赫的将领，却被人诬告而遭冤杀。如果这两人早知道自己他年后会受醢刑，还不如当时就在楚帐中饮剑而死。这首诗虽然是咏虞姬，实际却是在叹息那些被冤杀的将领。黛玉鄙薄反复无常、苟且求荣、甘心得到耻辱下场的黥布、彭越，觉得不如虞美人"饮剑"于楚帐，是借此寄托她自己"质本洁来还洁去，强于污淖陷沟渠"的高洁品质。第三首诗题咏的是明妃。明妃即汉朝和亲的王昭君。诗中描写她的容貌"绝艳惊人"，却也更对比出她的薄命。而薄命人却是今古相同。君王纵然并不好色，也不能把判定美丑对错标准的权力交给画工来决定。这首诗表面叹息明妃的遭遇，实际却骂了汉皇的昏庸与轻率。她讥刺汉元帝大权旁落，听命于画工，表现了自己不肯听人摆布的独立性格。第四首诗题咏的是绿珠。石崇对身边的姬妾都很残暴，唯独却宠爱绿珠，而绿珠也不曾负他，石崇被杀后，绿珠也跳楼殉了他而去。这首诗表达了绿珠对石崇的坚贞与追随。黛玉惋惜绿珠而对石崇有微词，以为石崇生前珠玉绮罗之宠，抵不得绿珠临危以死相报，又可见其在爱情上重在意气相感，精神上有默契。第五首题咏的是红拂。红拂"美人巨眼识穷途"，"美人""巨眼"连用，看起来很不协调，其实正是此诗精彩之处，这正表现出红拂眼光的不凡。黛玉钦佩红拂卓识敢为，能不受相府权势和封建礼教的"羁縻"，更突出地表现了她大胆追求自由幸福的生活理想的思想。

组诗所咏是否也与小说情节有某种照应，这是可以研究的问题。五首诗写的都是关于死亡或别离的内容，有的还涉及事败或者获罪被拘系，这就好像不是偶然的。末首的题材与小说情节似乎相距较远，但有些用语却很像双关，如"识穷途"之类即是。红拂未受"尸居余气"的杨府的羁留而出走了，黛玉最终也离开了"尸居余气"的贾府而回到离恨天去了。当然，在现存材料很少的条件下，要确切地阐明作者的意图还是不容易的。

第七十回

桃花行

桃花帘外东风软，桃花帘内晨妆懒①。

帘外桃花帘内人，人与桃花隔不远。

东风有意揭帘栊，花欲窥人帘不卷。

桃花帘外开仍旧，帘中人比桃花瘦。

花解怜人花亦愁，隔帘消息风吹透②。

风透湘帘花满庭，庭前春色倍伤情。

闲苔院落门空掩③，斜日栏杆人自凭。

凭栏人向东风泣，茜裙偷傍桃花立④。

桃花桃叶乱纷纷，花绽新红叶凝碧。

雾裹烟封一万株，烘楼照壁红模糊⑤。

天机烧破鸳鸯锦⑥，春酣欲醒移珊枕⑦。

侍女金盆进水来，香泉影蘸胭脂冷⑧！

胭脂鲜艳何相类，花之颜色人之泪⑨。

若将人泪比桃花，泪自长流花自媚。

泪眼观花泪易干，泪干春尽花憔悴。

憔悴花遮憔悴人，花飞人倦易黄昏。

一声杜宇春归尽⑩，寂寞帘栊空月痕！

注释

①晨妆懒：早晨由于伤春而没有情绪梳妆打扮。

②隔帘消息：指帘外桃花与帘内少女互相怜惜的情绪。消息：音讯。隔帘的消息只有春风送递。

③闲苔院落：庭院里长满了荒凉的青苔。

④茜裙：茜纱裙，红色的裙子，这里是指穿着茜纱裙的人。茜是一种根可作红色染料的植物，这里指红纱。偷：即悄悄地。

⑤烘楼照壁：火红的桃花颜色反映到楼阁和墙壁上，或指桃花颜色很红，烘托得楼房和墙壁十分美丽。因桃花鲜红如火，所以用"烘""照"。

⑥天机：天上织女的织机。鸳鸯锦：带有鸳鸯图案的丝织物。传说天上有仙女以天机织云锦，这是说桃花如红色云锦烧破落到地面。"烧""鸳鸯（表示喜兆的图案）"皆示红色。

⑦春酣：春梦沉酣。亦说酒酣，以醉颜喻红色。珊枕：珊瑚枕，即珊瑚做的枕头，或因张宪诗"珊瑚枕暖人初醉"而用其词。

⑧香泉影蘸：面影映在清凉的泉水中。影蘸：即蘸着有影，指洗脸。据传桃花雪水洗脸能使容貌姣好。

⑨人之泪：人的泪像胭脂一样红，是说流出的是血泪。

⑩杜宇：即杜鹃，也叫子规，传说古代蜀王名杜宇，号望帝，死后魂魄化为此鸟，啼声悲切。

赏析

　　《桃花行》是继《葬花吟》之后，黛玉的又一首顾"花"自怜的抒情诗。书中说，"宝玉看了，并不称赞，却滚下泪来，便知出自黛玉"，宝琴让他猜是谁作的，宝玉一猜就中："自然是潇湘子的稿子了。"宝琴开玩笑地骗他说是自己作的，宝玉不信，"这声调口气，迥乎不像蘅芜之体。"宝琴又用杜工部诗风格多样来证明宝琴也可以写出这样的诗，宝玉笑道："固然如此说，但我知道姐姐断不许妹妹有此伤悼语句，妹妹虽有此才，是断不肯作的。比不得林妹妹曾经离丧，作此哀音。"（以上《红楼梦》中的原文在各版本中语句可能会有所出入）

　　《桃花行》确实充满了哀音，宝玉并不称赞，是因为领会了这"哀音"，再也说不出称赞的话了。这首诗出现在第七十回，已经离荣府败亡和黛玉夭折不远了。"泪眼观花泪易干，泪干春尽花憔悴"就是明显的预言。只待"一声杜宇春归尽"，群芳都将以不同的方式憔悴，而最早凋零的就是黛玉。

黛玉寄住在贾府，"钟鸣鼎食之家""诗礼簪缨之族"，她这样一个具有叛逆思想的人，在这种环境中生活，会感到极大伤悲痛苦和压抑。《桃花行》一诗，以深沉的感情，形象的语言，表达了林黛玉内心的忧伤、痛苦。通过以灿烂鲜艳的桃花与寂寞孤单的人反复多方面的对比、烘托，而塑造了一个满怀忧虑、怨恨而又无力自拔的贵族少女的形象。林黛玉以花自喻，抒发了内心深底的无限感慨。"泪眼观花泪易干，泪干春尽花憔悴"，是她自我的哭诉与写照。宝玉与黛玉有共同的叛逆思想，所以宝玉一看就知道"自然是潇湘妃子的稿子了"。诗中表现了黛玉的苦闷，一是由于她过着令人窒息的生活，感到了未来的不幸，发出了哀音；另一方面，是她思想矛盾的反映，她要冲破束缚，又没有力量撕破罗网，因而产生了一种无可奈何的苦闷和忧郁，让人无限同情。

如梦令

岂是绣绒残吐①？卷起半帘香雾②。纤手自拈来③，空使鹃啼燕妒④。且住，且住！莫使春光别去！

注释

赏析

　　我们知道，史湘云后来与卫若兰结合，新婚是美满的，所以史湘云的《如梦令》中不承认用以寄情的柳絮是衰残景象。对于她的幸福，有人可能会触痛伤感，有人可能会羡慕妒忌，这也是很自然的。她父母双亡，寄居贾府，关心她终身大事的人可能少些，她自诩"纤手自拈来"，总是凭某种见面机会以"金麒麟"为信物而凑成的。十四回写官客为秦氏送殡时曾介绍卫若兰是"诸王孙公子"，可见所谓"才貌仙郎"也必须以爵禄门第为先决条件，不能想象如史湘云那样的公侯千金会单凭才貌选择一个地位卑贱的人作为自己的丈夫。词中从占春一转而为惜春、留春，而且情绪上是那样的无可奈何，这正预示着她的所谓美满婚姻也是好景不长的。

唐多令

　　粉堕百花洲①，香残燕子楼②。一团团逐对成球③。漂泊亦如人命薄，空缱绻，说风流！④草木也知愁，韶华竟白头。叹今生，谁拾谁收⑤！嫁与东风春不管⑥，凭尔去，忍淹留！

注释

①粉：指柳絮的花粉。百花洲：《大清一统志》"百花洲在姑苏山上，姚广孝诗：'水潨

接横塘，花多碍舟路。'"林黛玉是姑苏人，借以自况。

②燕子楼：典用白居易《燕子楼三首并序》中唐代女子关盼盼居住燕子楼怀念旧情的事。后多用以泛说女子孤独悲愁。又苏轼《永遇乐》词："燕子楼空，佳人何在？空锁楼中燕。"故也用以说女子亡去。

③逐对成球：形容柳絮与柳絮碰到时粘在一起。球：谐音"逑"，配偶之意。这句是双关语。

④缱绻（qiǎn quǎn）：缠绵，形容感情深厚、难舍难分。风流：因柳絮随风飘流而用此词。另说才华风度，小说中多称黛玉风流灵巧。

⑤谁拾谁收：以柳絮飘落无人拾捡自比。

⑥此句以柳絮被东风吹落，春天不管，自喻无家可依、青春将逝而没有人同情。

赏析

林黛玉的这首《唐多令》充满了"缠绵悲感"。她从飘游无定的柳絮，联想到自己孤苦无依的身世，预感到薄命的结局，把一腔哀婉缠绵的思绪写到词中去。曾游百花洲的西施，居住燕子楼的关盼盼，都是薄命的女子，似乎是信手引来，实际是有意自喻。下阕诗人以草木自喻，年纪轻轻，竟愁到了白头。柳絮任东风摆布，正是象征黛玉在命运面前无能为力。是对黛玉处境的写照，也是对悲惨结局的暗示。李纨等人看了这首诗，都点头感叹："太作悲了。"除了这类悲戚语外，这个无父无母、寄居贾府的柔弱少女还能说出什么更乐观的话呢？

临江仙

白玉堂前春解舞①，东风卷得均匀②。蜂围蝶阵乱纷纷③。几曾随逝水④？岂必委芳尘⑤？万缕千丝终不改，任他随聚随分⑥。韶华休笑本无根。好风凭借力，送我上青云⑦。

注释

①白玉堂：形容柳絮所处高贵。春解舞：柳花被春风吹散，像翩翩起舞一样。
②均匀：指舞姿柔美，缓急有度。
③"蜂围"句：成群蜂蝶纷纷追随柳絮。
④随逝水：落于水中，随波流去。喻虚度年华，以逝水比光阴。
⑤委芳尘：落于泥土中。喻处于卑贱的地位。
⑥"万缕"二句：不管柳絮是否从枝上离去，柳树依旧长条飘拂。喻不因别人对我的亲疏而改变自己固有的姿态。
⑦青云：高天。也用以说名位极高。

赏析

　　薛宝钗的《临江仙》可以说是通部小说中最著名的一首词作。因为这首词的最后一句话——"好风凭借力，送我上青云"，宝钗没少受到拥林派红学家的攻击。一般的"红色红学家"，都喜欢抓住这句话如获至宝般地大做文章，声称此为宝钗如何如何"有野心"的证据。不是吗？在现代汉语，乃至历来的俗语中，"青云""青云直上"指的都是高官显爵。因此那些声称宝钗如何如何"野心勃勃"，如何如何"醉心于功名富贵"的说法，似乎也言之凿凿。然而，笔者却不能不说，这实在是一种缺乏古汉语常识的说法。因为在最初的古诗文中，"青云""上青云"不仅指的不是高官显爵、功名富贵这些东西，反而指的是不与权势集团同流合污的隐士情操！

南柯子

　　空挂纤纤缕，徒垂络络丝①。也难绾系也难羁②，一任东西南北各分离。落去君休惜，飞来我自知。莺愁蝶倦晚芳时，纵是明春再见隔年期③。

注释

①纤纤缕、络络丝：喻柳条。意思是说：虽然如缕如丝，却难系住柳絮，所以说"空挂""徒垂"。

②绾（wǎn）系：打成结把东西拴住。

③隔年期：相隔一年才见一次。

赏析

　　词的上半阕写柳絮与柳枝分离，东西南北随风飘游，很容易使人联想起《分骨肉》那首曲中"一帆风雨路三千，把骨肉家园齐来抛闪"的句子。词中暗寓探春离亲远嫁的意思是明显的。探春写了上阕再写不下去，正是对命运徒叹奈何的表现。宝玉作的下半阕"落去君休惜"，只是一句空洞的安慰话。"纵是明春再见"，也许隐寓着探春远嫁后还有和宝玉相见的机会，因曹雪芹没有写完全书，具体情节就无从知道了。

　　探春后来远嫁不归的意思已尽于前半阕四句之中，所谓白白挂缕垂丝，正好用以说亲人不必徒然对她牵挂悬念，即《红楼梦曲·分骨肉》中说的"告爹娘，休把儿悬念……奴去也，莫牵连"。这些话当然不是对她所瞧不起也不肯承认的生母赵姨娘而说的。作者安排探春只写了半首，正因为该说的已经说完。同时，探春的四句，如果用来说宝玉将来弃家为僧，不是也同样适合吗？唯其如此，宝玉才"见没完时，反倒动了兴"，提笔将它续完。这一续，全首就都像是说宝玉的了：去休惜，来自知，所谓随缘而化，踪迹难寻；夫妻相见之期犹如牛郎织女。书中说宝玉自己该作的词倒作不出来，这正是因为作者觉得已经没有再另作一首的必要了。

西江月

汉苑零星有限①，隋堤点缀无穷。三春事业付东风，明月梅花一梦。几处落红庭院②，谁家香雪帘栊③？江南江北一般同，偏是离人恨重④！

注释

①汉苑：汉代皇家的园林。汉有三十六苑，长安东南的宜春苑（曲江池）水边多植杨柳，但远不及隋堤规模，故曰"有限"。

②落红：落花。表示春去。用"几处"，可见衰落的不止一家。

③香雪：喻柳絮，暗示景物引起的愁恨。帘栊：说闺中人。

④离人恨重：古人以折柳赠别；又柳絮漂泊不归，也易勾起离别者的愁绪，故有此说。

赏析

在这首词中，宝琴通过暮春柳絮飞扬的描写，感叹自身的命运。宝琴丧父，像黛玉一样客居亲属篱下，类似游子，所以词中渗透着离人的感喟。像宝琴这样的小姑娘，本应无忧无虑，可从这首词透出的气息看，也并不事事遂心。"三春事业付东风"，隐喻着包括宝琴在内的大观园群芳的美好时日如美梦一般即将过去。词中"梅花""香雪"等词，都同"梅"字联系着，宝琴又"许了梅翰林的儿子"（第五十回），所以"明月梅花一梦"也许还暗示宝琴将来的命运也不济。

如果把薛宝琴这首小令与她以前所作的《赋得红梅花》诗、她口述的《真真国女儿诗》对照起来看，就不难相信朱楼梦残、"离人恨重"正是她未来的命运。就连异乡思亲，月夜伤感，在词中也可以找到暗示。此外，从宝琴的个人萧索前景中也反映出当时的一些大家族已到了风飘残絮、落红遍地的没落境地了。"三春事业付东风，明月梅花一梦。"这是宝琴的惆怅，同时也是作者的叹息。

第七十六回

中秋夜大观园即景联句

（黛玉：）三五中秋夕，（湘云：）清游拟上元。

撒天箕斗灿①，（黛玉：）匝地管弦繁。

几处狂飞盏②？（湘云：）谁家不启轩？

轻寒风剪剪，（黛玉：）良夜景暄暄。

争饼嘲黄发③，（湘云：）分瓜笑绿媛④。

香新荣玉桂⑤，（黛玉：）色健茂金萱⑥。

蜡烛辉琼宴，（湘云：）觥筹乱绮园。

分曹尊一令，（黛玉：）射覆听三宣。

骰彩红成点，（湘云：）传花鼓滥喧。

晴光摇院宇，（黛玉：）素彩接乾坤。

赏罚无宾主，（湘云：）吟诗序仲昆。

构思时倚槛，（黛玉：）拟景或依门。

酒尽情犹在，（湘云：）更残乐已谖⑦。

渐闻语笑寂，（黛玉：）空剩雪霜痕。

阶露团朝菌⑧，（湘云：）庭烟敛夕楣。

秋湍泻石髓⑨，（黛玉：）风叶聚云根。

宝婺情孤洁，（湘云：）银蟾气吐吞。

药经灵兔捣，（黛玉：）人向广寒奔。

犯斗邀牛女，（湘云：）乘槎待帝孙⑩。

虚盈轮莫定，（黛玉：）晦朔魄空存。

壶漏声将涸，（湘云：）窗灯焰已昏。

寒塘渡鹤影，（黛玉：）冷月葬花魂。

（妙玉）香篆销金鼎，脂冰腻玉盆。

箫憎嫠妇泣，衾倩侍儿温。

空帐悬文凤，闲屏掩彩鸳。

露浓苔更滑，霜重竹难扪。

犹步萦纡沼，还登寂历原。

石奇神鬼搏，木怪虎狼蹲。

赑屃朝光透，罘罳晓露屯。

振林千树鸟，啼谷一声猿。

歧熟焉忘径？泉知不问源。

钟鸣栊翠寺，鸡唱稻香村。

有兴悲何继？无愁意岂烦？

芳情只自遣，雅趣向谁言！

彻旦休云倦，烹茶更细论。

注释

①箕斗：星宿名，南箕北斗，此处泛指群星。

②狂飞盏：尽兴喝酒。

③黄发：老年人。这句是说老年人争吃月饼的样子使人觉得好笑。

④绿媛：年轻女子。

⑤香新荣玉桂：盛开的桂花飘散着清香。

⑥色健茂金萱：繁茂的萱草闪耀着光彩。过去常称母亲为萱堂，这句诗含有祝母亲健康之意。

⑦谖（xuān）：忘却，引申为停止。

⑧团朝菌：干缩的朝菌。朝菌，一种朝生暮死的菌类。

⑨石髓：即石钟乳，石上多孔隙。云根：山石。古人认为云是从山石中生出，故称之为云根。

⑩乘槎（chá）待帝孙：乘着木筏子等待织女。槎，木筏。帝孙，织女，传说是天帝女孙。

赏析

　　这次联句，是黛玉和湘云两人在寂静的秋夜中进行的，后来被妙玉听到，于是将它截住续完。此诗用"十三元"韵。诗的开头一派热闹欢腾的景象，如"匝地管弦繁""良夜景暄暄"，但实际上酒席并没有诗中描写的那么热闹，宝钗、宝琴、李纨、凤姐的缺席，宝玉的中途离席，都让酒席冷清了许多。黛、湘这样写，不免让人觉得她们是在强颜欢笑。

　　在描绘了欢笑的场景后，此诗格调突然转凉。"寒塘渡鹤影，冷月葬花魂"等句，让人倍觉凄凉和不祥。中秋联句发生在抄检大观园之后，而联句诗中凄清的景象又何尝不是在暗指衰颓的大观园呢？后来妙玉的续诗在夜尽晓来上大做文章，想把"颓败凄楚"的调子"翻转过来"，也不过是徒劳而已。

第七十八回

姽婳词三首

贾兰

姽婳①将军林四娘，玉为肌骨铁为肠。
捐躯自报恒王②后，此日青州③土亦香！

贾环

红粉④不知愁，将军意未休。
掩啼离绣幕，抱恨出青州。
自谓酬王德，讵能复寇仇？
谁题忠义墓，千古独风流！

贾宝玉

恒王好武兼好色，遂教美女习骑射。
秾歌艳舞不成欢，列阵挽戈为自得。
眼前不见尘沙起，将军俏影红灯里。
叱咤时闻口舌香，霜矛雪剑娇难举。
丁香结子芙蓉绦⑤，不系明珠系宝刀。
战罢夜阑心力怯，脂痕粉渍污鲛绡。

明年流寇走山东，强吞虎豹势如蜂。

王率天兵思剿灭，一战再战不成功。

腥风吹折陇头麦，日照旌旗虎帐⑥空。

青山寂寂水澌澌⑦，正是恒王战死时。

雨淋白骨血染草，月冷黄沙鬼守尸。

纷纷将士只保身，青州眼见皆灰尘⑧。

不期忠义明闺阁，愤起恒王得意人。

恒王得意数谁行？姽婳将军林四娘；

号令秦姬驱赵女，艳李秾桃临疆场。

绣鞍有泪春愁重，铁甲无声夜气凉；

胜负自难难预定，誓盟生死报前王。

贼势猖獗不可敌，柳折花残实可伤；

魂依城郭家乡近，马践胭脂骨髓香。

星驰⑨时报入京师，谁家儿女不伤悲！

天子惊慌恨失守，此时文武皆垂首。

何事文武立朝纲，不及闺中林四娘？

我为四娘长叹息，歌成余意尚彷徨！

注释

①姽婳（guǐ huà）：女性娴静美好的样子。"姽婳"与"鬼话"谐音。

②恒王：或隐指明宪宗朱见深的第七子衡王朱祐楎。清人俞樾《俞楼杂纂·林四娘》："考之《明史》，宪宗之子祐楎封衡王，就藩青州。"

③青州：汉武帝置，为汉"十三刺史部"之一，治所在今山东省淄博市东北的临淄镇，东晋移治所至山东省东阳城。北齐置益都县，金升为益都府，明改为益州路。

④红粉：古代借代青年女子。胡曾《汉宫》："何事将军封万户，却令红粉为和戎？"

⑤芙蓉绦：像芙蓉花一样的带子。绦：多指丝带。

⑥虎帐：以虎形为装饰的帐幕，多为主将所居。

⑦澌澌：拟声词。通常用以形容下雪、落雨、刮风和流水的声音。

⑧灰尘：形容荒凉败落的景象。

⑨星驰：形容使者的快马如流星一样飞驰。

赏析

　　贾政与众幕友谈及恒王与林四娘故事，称其"风流隽逸，忠义感慨"，"最是千古佳谈"，命贾兰、贾环和宝玉各吊一首。贾政所叙述的情节是作者利用了旧有明代传说史事而加工改编的。

　　《姽婳词》突出地表现了曹雪芹政治观点上的矛盾：他一方面不满封建制度，另一方面又想"补天"；一方面憎恶政治腐败、现实黑暗，另一方面又为清帝国的命运担忧，为本阶级的没落哀伤；一方面同情奴隶们的痛苦和屈辱，为受冤遭迫害者提出强烈的抗议，另一方面又主张他们要规规矩矩地做人，反对奴隶们用暴力来推翻现存的制度、争取自身的解放。在《姽婳词》中，他以当今皇帝褒奖前代所遗落的可嘉人事为名，指桑骂槐，揭露和嘲笑当朝统治者的昏庸腐朽和外强中干的虚弱本质："天子惊慌愁失守，此时文武皆垂首。何事文武立朝纲，不及闺中林四娘？"这无疑是大胆的。但是，把封建王朝在农民起义风暴的猛烈扫荡下的土崩瓦解看成是一场灾难，把与革命势力做拼死顽抗的林四娘当作巾帼英雄而大加赞美，这又说明曹雪芹并没有完全背叛自己的阶级。

第七十九回

紫菱洲歌

池塘一夜秋风冷，吹散菱荷红玉影①。
蓼花菱叶不胜愁②，重露繁霜压纤梗③。
不闻永昼敲棋声，燕泥点点污棋枰④。
古人惜别怜朋友，况我今当手足情！

赏析

这首诗抒写迎春即将外嫁时的离别悲情。宝玉是反对这场婚姻的，但又无力阻止，这种心情是十分复杂、矛盾的。

"池塘一夜秋风冷，吹散菱荷红玉影"，一夜秋风吹散满池荷花，这是非常令人感伤的景色。"蓼花菱叶不胜愁，重露繁霜压纤梗"，直指大观园中的顽固势力，批判他们对人性的摧残。最后四句，由景转情。

"不闻永昼敲棋声，燕泥点点污棋枰"，是说听不到过去白天黑夜下棋的声音了，空着的棋盘竟落满了燕泥，给人一种物是人非的感觉。"古人惜别怜朋友，况我今当手足情"，意思是说，古人在朋友惜别时，都有怜惜之情，何况我与迎春还有手足之情。此处以古人作比，更显示出对迎春的怀念。

此时迎春虽已搬出大观园，但尚未和孙绍祖拜堂成亲，婚后的生活还祸福难料。宝玉此时发出悲吟，似乎表明他已经有了不祥之感。正如鲁迅先生在《中国小说史略》中所说："悲凉之雾，遍被华林，然呼吸而领会之者，独宝玉而已。"

第八十七回

感怀四章

悲时序之递嬗兮①，又属清秋。感遭家之不造兮②，独处离愁。北堂有萱兮，何以忘忧？无以解忧兮，我心咻咻③！

云凭凭兮秋风酸④，步中庭兮霜叶干。何去何从兮，失我故欢！静言思之兮恻肺肝⑤？

惟鲔有潭兮，惟鹤有梁⑥。鳞甲潜伏兮，羽毛何长⑦！搔首问兮茫茫，高天厚地兮，谁知余之永伤⑧？

银河耿耿兮寒气侵，月色横斜兮玉漏沉⑨。忧心炳炳兮⑩，发我哀吟。吟复吟兮，寄我知音。

注 释

① 递嬗（shàn）：依次更替，逐步演变。
② 不造：不幸。
③ 咻咻：本为嘘气声，引申为不安宁。
④ 凭凭：亦作"冯冯"，盛多的样子。酸："冷"的修辞说法。
⑤ 言：语助词，无义。恻肺肝：相当于说"痛彻肺肝""撕心裂肺"。
⑥ 鲔（wěi）：鲟鱼和鳇鱼的古称，春日用以荐祭寝庙（先王之墓），是贵重的鱼。梁：屋梁。此句意思是说：鲔、鹤本应有安居之处。
⑦ 鳞甲：指蛟龙。羽毛：指凡鸟。喻所谓君子失意，小人得势。
⑧ 永伤，无尽的愁思。
⑨ 玉漏沉：计时的漏壶快要水尽声歇了。即夜将尽的意思。
⑩ 炳炳：忧心的样子。形容忧思不减。

赏 析

这是宝钗寄给黛玉信中的一首诗。在信中，宝钗向黛玉讲述了自己家庭的变故，夜深辗转反侧，"愁绪何堪"，回顾了姐妹们海棠结社时的欢乐情景，感怀触绪，长歌当哭，把黛玉当作自己的知己，以诉哀愁。

该诗有四章，描述了夜深人静的时候，宝钗在秋风中盘桓，以排解心中郁闷的情景。她悲叹时光更迭，在这清秋时节家庭遭遇不幸，上有老母，不能忘却也无法排遣这一忧伤。面对天上厚厚的云层，以及霜打过的干枯叶子，她在院中独自徘徊，无法做出人生的选择。鲔与鹤都有自己的归宿，为什么君子失意、小人得志呢？宝钗运用一系列比喻，非常形象地阐释了自己的苦闷。银河耿耿，月色渐深，她在深夜中吟哦，把自己的心事向黛玉倾诉。

出身于富商家庭的宝钗，家庭条件优越。她的哥哥薛蟠娶了夏金桂后，家里被闹得鸡犬不宁，薛蟠又因杀人罪被监禁。于是，宝钗的人生也到了悲愁的拐点。

琴曲四章

风萧萧兮秋气深①，美人千里兮独沉吟。望故乡兮何处？倚栏杆兮涕沾襟。

山迢迢兮水长②，照轩窗兮明月光。耿耿不寐兮银河渺茫，罗衫怯怯兮风露凉。

子之遭兮不自由，予之遇兮多烦忧。之子与我兮心焉相投③，思古人兮俾无尤④。

人生斯世兮如轻尘，天上人间兮感夙因⑤。感夙因兮不可惙⑥，素心如何天上月⑦。

注释

①萧萧：寒风之声。
②迢迢：高远。
③之子：这个人，那个人。
④俾（bǐ）：使。无尤：没有过失；不加谴罪。
⑤夙因：旧缘。迷信宣扬恩怨聚散、生死祸福皆前世因缘所定。
⑥惙：通"辍"，停止，断绝。
⑦素心：本心；素愿；纯洁的心地。

赏析

在八十七回中，宝钗以书信的形式向黛玉诉说自己的忧愁。黛玉看了，不胜悲伤，叹道："境遇不同，伤心则一。不免也赋四章，翻入琴谱，可弹可唱，明日写出来寄去，以当和作。"于是"濡墨挥毫，赋成四叠"，在潇湘馆边吟唱边弹琴，这首琴曲在她的断弦中戛然而止。

宝钗的忧愁源于外部环境的不顺，而黛玉的伤悲则源自内心对故土的向往和对寄人篱下生活的忧伤。萧萧秋风中，黛玉找不到心灵的故乡，唯有凭栏流涕。山高路远，明月照轩，看不到未来，只有秋风吹动薄薄的罗衫。接着黛玉直接对宝钗诉说：你的遭遇由不得自己决定，我的遭遇使我多烦忧，我们虽然境遇不同，但伤心是一样的。人生在世就像一粒尘土，天上人间都有前世因缘，我们无法改变，每个人的忧伤不可断绝。

黛玉的琴声"忽作变徵之声"，使在外听琴的妙玉"哑然失色"，在"嘣的一声"的弦断中，预示着黛玉的生命已走向终点。琴者，情也，琴断，情也断。这神秘的断弦，给黛玉的人生结局埋下了伏笔。

第一百二十回

离尘歌

我所居兮，青埂之峰^①。

我所游兮，鸿蒙^②太空。

谁与我游兮，吾谁与从^③。

渺渺茫茫兮，归彼大荒^④。

注 释

①青埂之峰：当初女娲补天弃无用顽石之处。青埂，谐音，喻"情根"之意。
②鸿蒙：旧指宇宙形成的混沌状态。
③吾谁与从：我跟着谁呢？
④大荒：即小说开头说的大荒山，这里有"荒唐"之意。

赏 析

《红楼梦》第一二〇回，贾政扶贾母灵柩，到了金陵，先安了葬。贾政又接到家信，看到宝玉、贾兰考中，心里欢喜。后来听到宝玉走失，又生烦恼，只得赶快回家。途中，贾政在船里写家信时，宝玉身披大红猩猩毡斗篷，光头赤脚向着他倒身下拜。贾政问话，宝玉未及回答，只见船头边上来了两人，一僧一道，夹着宝玉便说："俗缘已毕，还不快走！"说着，三人飘然登岸而去。三人中不知是谁唱了这首《离尘歌》。

"我所居兮，青埂之峰"，这是宝玉人世生活的起始处，曹雪芹运用女娲补天弃顽石的典故，为宝玉的出身增添了神秘的色彩。"我所游兮，鸿蒙太空。谁与我游兮，吾谁与从？"天地鸿蒙，让我们回到最初的大荒山去吧。正所谓赤条条来去无牵挂，生于大荒，归于大荒。宝玉来人世走一遭，看透世间纷扰，悲欢离合，决绝而去，落了个茫茫大地真干净。这首诗运用浪漫主义的手法，展开丰富的想象，给读者的二度创作提供了广阔的空间。

结红楼梦偈

说到辛酸①处，荒唐②愈可悲。
由来③同一梦，休笑世人痴！

注释

①辛酸：比喻悲痛苦楚。
②荒唐：指行事比较离谱，不正常，不符合一般规则。
③由来：历来。

赏析

《红楼梦》最后一回写道，空空道人从青埂峰前经过，见那补天未用之石仍在那里，上面字迹依然如旧，怕年深日久，字迹模糊，有错误，就自己抄录一遍，找个清闲之人流传。最后，他找到了悼红轩中的曹雪芹，掷下抄本，飘然而去，口中说道："果然是敷衍荒唐，不但作者不知，抄者不知，并阅者也不知。不过游戏笔墨，陶情适性而已。"紧接着就以这首诗结尾，结束了鸿篇巨制的《红楼梦》。

作者的写作动机非常明显，从结构上说，与开篇"满纸荒唐言，一把辛酸泪。都云作者痴，谁解其中味"照应，使前八十回与后四十回浑然一体，成为不可分割的一部分。从内容上说，据作者自己所言，"为作者缘起之言更转一竿头"，即更进一层之意。所以，说到心酸的地方，满纸不光有荒唐之言，更是可悲可叹。说到梦幻，历来都是一样的，都是来自于一个梦境，不要笑话世人的痴傻。但这样的结尾，从表达形式到思想情感，都不能与开篇之诗相提并论，读者与作者缺少一种思想共鸣，这也是后续部分非常遗憾的一笔。